Andreas und Regina Zeppelzauer

DIE WILDERER

Andreas und Regina Zeppelzauer

Die Wilderer

Berichte und Bilder von einst und jetzt

V. F. SAMMLER

Titelbild: Andreas Zeppelzauer, Wien
Grafik, Layout und Umschlaggestaltung:
Werbeagentur | Digitalstudio Rypka, Graz, Thomas Hofer

Bibliografische Information Der Deutschen Bibliothek
Die Deutsche Bibliothek verzeichnet diese Publikation in der Deutschen Nationalbibliographie; detaillierte bibliographische Daten sind im Internet über http://dnb.ddb.de abrufbar.

Hinweis:
Dieses Buch wurde auf chlorfrei gebleichtem Papier gedruckt.
Die zum Schutz vor Verschmutzung verwendete Einschweißfolie ist aus Polyethylen chlor- und schwefelfrei hergestellt. Diese umweltfreundliche Folie verhält sich grundwasserneutral, ist voll recyclingfähig und verbrennt in Müllverbrennungsanlagen völlig ungiftig.

ISBN 3-85365-206-9

Printed in Austria
Gesamtherstellung: Druckerei Theiss GmbH, A-9431 St. Stefan

Inhalt

Vorwort 9

Das Wildern im Spiegel der Zeit 13
- Die Geschichte des Wilderns 14
- Das Wildern im Blut 15
- Jagen aus Lust und Leidenschaft 22
- Das unglückliche Ende des Fürsten Adam Franz zu Schwarzenberg 23
- Die Allmacht des hohen Adels 26
- Strafen einst 29
- Jagdgebiet mitten in Wien 32
- Die Revolution von 1848 34
- Der Wilderer-Ehrenkodex 35

Sagen, Mythen und die Kirche 37
- Die Teufelsbrücke 38
- Ein Räuberhauptmann in Nordbayern 40
- Der Ehrwalder Wildererzug 41
- Wilderer und Frauen 42

Unsterbliche Helden 47
- Wildererverehrung in Volksliedern, Erzählungen und im Film 47
- Das Schicksal des Georg „Girgl“ Jennerwein 50
- Der Boarische Hiasl 58
- Robin Hood des Erzgebirges 61
- Wildschütz Klostermann 62
- Elvis forever 66
- Die legendäre Wildererschlacht von Molln 75

Wildererdramen zwischen den beiden Weltkriegen .. 83
Kaltblütiger Mord ... 83
Wildererdrama im Triebental ... 87
Wilderer von Jäger erschossen ... 89

Die Kriegsjahre 1939 bis 1945 ... 91
Hitlers Wilddiebkommando ... 91
Hinterrücks erschlagen ... 93
Einmal und nie wieder ... 95

Wildern heute ... 97
Strafen heute ... 98

Wildererfälle von 1986 bis 2003 ... 101
1986 ... 101
1987 ... 105
1988 ... 107
1989 ... 109
1990 ... 110
1991 ... 112
1992 ... 114
1993 ... 117
1994 ... 119
1995 ... 121
1996 ... 123
1997 ... 125
1998 ... 126
1999 ... 129
2000 ... 131
2001 ... 141
2002 ... 145
2003 ... 150

Nachwort ... 161

Danksagung ... 163

Für unsere Kinder Melanie, Benjamin und Victoria,
die große Geduld zeigten, auch als wir ihnen
während der Recherchen zum Buch einige Wochen lang nur
als „Teilzeiteltern“ zur Verfügung standen.

Für meine Mutter Edith, die immer, wenn „Not an der Frau“ war,
sofort zur Stelle war und unsere Rasselbande
beaufsichtigte – Danke Mama!

Vorwort

Mein Vater nahm meinen Bruder an die Hand. Vom Wohnhaus, wo wir zu fünft – ein weiterer Bruder und die Mutter – lebten, zum Waldrand hin waren es nur wenige Dutzend Meter. Das alte Haus mit seiner Zimmer-Küche-Wohnung, dem Plumpsklosett und Fließwasser am Gang, seinem aus Bachsteinen gefertigten Mauerwerk, war ehemaliges, zum Kloster Admont gehörendes Stiftseigentum.

Es war Anfang der sechziger Jahre. Mein Vater, ein Kriegsheimkehrer, wohnte, wie viele seiner ehemaligen Kameraden, in einem Dorf nahe Rottenmann. Gelegen am Fuße der beeindruckenden und über das Tal wachenden Burg Strechau, die laut den seltenen Erzählungen meines früh verstorbenen Vaters einst von Raubrittern bewohnt war. Als Kind beeindruckten mich diese Geschichten über die Burg und die Raubritter sehr. Schaurig fand ich vor allem jene Erzählung von dem jungen Mädchen, einer katholischen Jungfrau, die sich lieber von einem Felsen in den Tod stürzte, als sich dem lüsternen lutherischen Burgherren hinzugeben. Neugierig machten mich auch die geheimnisvollen Waldgänge meines Vaters gemeinsam mit meinen älteren Brüdern Hans und Fritz.

Am Ende dieser „Spaziergänge", das weiß ich noch ganz genau, war immer Fleisch am Mittagstisch. Stets sonntags, am Tag des Herrn. Es gab des öfteren Hasenbraten, was mich jedesmal unwillkürlich veranlaßte, in der Holzhütte nachzusehen, ob meine zwei Hasen noch in ihren Käfigen waren.

Mein Vater war Arbeiter im Stahlwerk in Liezen. Ein harter, heißer Job, der großen Durst aufkommen ließ. So groß, daß er diesen regelmäßig auf dem Weg von Liezen nach Strechau in einem Wirtshaus in der Melzen ertränkte. Vielleicht versuchte er damit auch das Trauma des Krieges – eines Krieges, der ihm die Jugend aus der Seele riß, der ihn nötigte, ebenso junge und unschuldige Menschen fern ihrer Heimat zu töten – zu ertränken. Die Ohnmacht, die Wut, die Trauer, sie prägten ihn, diesen guten Menschen, der einem anderen nie Schlechtes wollte.

In dieser düsteren, erbarmungslosen Zeit kümmerte er sich um seine Kameraden. Er rettete seinem Freund Karl aus Wien im Gefecht mit Partisanen in Serbien das Leben. Dieser revanchierte sich auf gleiche Weise. Die Kameraden mußten nie hungern. Mein Vater Siegfried, ausgestattet mit diesem großen Namen aus der deutschen Mythologie, kümmerte sich um die Nahrungsbeschaffung. Er tötete Ziegen bzw. Hühner und versorgte das Bataillon mit frischem Fleisch. Er durchquerte Feindgebiet und riskierte Kopf und Kragen, damit nicht nur er, sondern auch seine Leute durchkamen. Nein, er war kein schlechter Mensch. Nur kurze Erinnerungen sind es, an die wenigen Jahre, die ich ihn erleben durfte. Diese Jahre, gezeichnet von seiner schweren Krankheit, der er, 55jährig, erlag. Viel zu kurz, um jene Vater-Sohn-Beziehung aufkommen zu lassen, die man sich als Kind und Heranwachsender wohl so sehr wünscht.

Mein Vater war ein Wilderer. Ein Wildschütz. Er stahl, legte Schlingen, tötete Wild. Er tat es, um seinen Kameraden im Krieg zu helfen. Er tat es für seine Familie, immer dann, wenn er – endlich wieder nüchtern – feststellte, daß sein karger Lohn für den Kauf von Lebensmitteln im kleinen Lebensmittelladen des Ortes nicht ausreichen würde.

Vieles zog meine Mutter im großen Garten, den wir hatten – Gemüse, ein paar Beeren. Fleisch gab es selten, es kam aus dem nahe gelegenen Wald, der Fisch stammte aus dem Strechenbach und der Palten. Bald schon und ohne Zutun des Vaters, der mich nicht mehr länger auf die heimliche Pirsch mitnehmen konnte, brachte ich die Fische aus dem Strechenbach mit nach Hause. Ich genoß es, stundenlang bis zu den Knöcheln im eisigen Schmelzwasser zu stehen. Eine Mischung aus Angst und Jagdfieber war es, eine enorme Anspannung, unter jeden Stein zu greifen, wohin sich die Bachforellen flüchteten, nachdem sie mich bemerkt hatten.

Einmal kam ich mit sieben oder acht Forellen nach Hause. Meine Mutter schimpfte, klärte mich (wie immer) auf, daß dies Diebstahl sei und man dafür in den „Häfen" kommen könnte. Trotzdem griff sie zur Pfanne und zum Bratfett, schnitt die Bäuche der Fische auf und entsorgte geschickt und mit flinker Hand die Innereien. Mit Reis schmeckten mir die Forellen am besten.

Später dann nahmen mich die Nachbarn mit zum Frösche „pflücken“. Ich nannte es so in meiner unbeschwerten, wenngleich kargen Kindheit, weil es einfach so war. Zu Hunderten fanden wir sie während der Laichzeit in der Klamm, jenem schmalen Gebirgstal mit dem hervorragenden Fischwasser. Die meisten Frösche fand man bei der Wasserwehr, oben, auf dem Weg nach Oppenberg. Ich durfte sie pflücken, ihnen mit der Hacke den Kopf abschlagen und danach die Beine – mit einem kurzen gezielten Schlag – vom Rumpf abtrennen. Ich habe die ganze Prozedur so in Erinnerung, als hätte es mir damals Spaß gemacht. Zumindest erweckte es nicht jene Abscheu, die ich heute – aus der Distanziertheit des Alters – für die vergangene Zeit empfinde.

Die Lust an der Jagd, an diesem Tun, welches beinahe meine gesamte Familie durch mehrere Generationen hindurch erfaßt hat, sehe ich heute als Gefühlsmischung aus Überlebenskampf, Jagd- und Abenteuerlust.

Jahre später – als blutjunger und „blutrünstiger“ Journalist, als Möchtegern-Wallraff, der Mann, der bei der BILD-Zeitung Hans Esser war – packte mich die Jagdleidenschaft in einer anderen Form. Mit der Feder war ich Skandalen und Skandälchen im Herzen Österreichs, dem Salzkammergut, auf der Spur. Da war etwa der ehemalige Rigips-Chef Sekyra in Bad Aussee, der im Landschaftsschutzgebiet am Grundlsee Betonappartements bauen wollte. Mit meinem „grünen Herzen“ und der Tageszeitung „Kurier“ brachte ich ihn zur Strecke. Oder ein ehemaliger Bürgermeister von Bad Mitterndorf, ein begeisterter Jäger, der seine Gemeindemitarbeiter anwies, die Ölfässer und Schrottautos aus Kostengründen in den Gemeindesee zu kippen. Er tat es nur einmal! Am meisten Freude bereiteten mir jedoch die Recherchen um die Wildererlegenden des Salzkammergutes, gemeinsam mit meinem journalistischen Lehrmeister Walter Tarra. Ein schreibender, beißender Haudegen der alten Schule, der heute noch von der Revolution träumt und dessen Vater Widerstandskämpfer und Nazijäger war. Ich empfand es als großes Glück, mit ihm auf Spurensuche zu gehen. Mit Jägern und Wilderern zu sprechen, mit dem Polizisten aus Gosau, der mit gesenkter Stimme meinte: „Wilderei ist ja bei uns eigentlich kein Delikt, wenn schon, dann höchstens ein Kavaliersdelikt!“

Damals, Anfang der achtziger Jahre trafen wir auf einen noch angesehenen Wilderer in Grundlsee, der später auch zum Dorfrichter avancierte und dessen größte Freude im Leben war, den Nazibonzen während des Krieges im Ausseerland das Wild vor der Nase weg zu schießen. Dank seiner Mutter, die sich beherzt den SS-Leuten, die auf ihn Jagd machten, entgegenstellte, überlebte er diese Abenteuer, wenngleich nur knapp und eingezwängt in einer Nische des Dachbodens, während die resolute, gute Frau die Verfolger aus dem Haus wies.

Sie halten ein Buch in Händen, das aus dem Wunsch und dem Traum entstand, diese vielen Geschichten um die Faszination des Wilderns einmal mehr fundiert und spannend zu beschreiben. Es geht dabei aber nicht darum, das Thema zu beschönigen. Mit allen Grausamkeiten, Absurditäten und durchaus aus kriminellen Motiven wurde und wird gewildert.

Lange hegte ich den Wunsch, ein diesbezügliches Buch zu veröffentlichen. Ich bin sehr dankbar, daß der Leopold Stocker Verlag meinen Vorschlag aufgegriffen hat. Noch mehr freue ich mich, daß mit Regina und Andreas Zeppelzauer zwei beherzte, engagierte und erfahrene Kollegen der schreibenden Zunft die Feder in die Hand genommen haben. Mit meiner bescheidenen Hilfe haben sie vor Ort in allen Winkeln des Wildererertums gestöbert und dieses Buch so gut niedergeschrieben. Sie versuchten dabei, alle Facetten des Wilderns zu beleuchten.

Ich widme dieses Buch meinen Vorfahren, die nicht gut oder schlecht waren, sondern so waren, wie sie waren, und die ich nicht anders in Erinnerung haben möchte. Meinem Vater, den ich nur flüchtig erleben durfte und den ich fest in meiner Erinnerung behalte. Meinem Sohn, diesem außerordentlich liebenswürdigen jungen Menschen, der Tiere über alles liebt und der sogleich in tiefe Trauer verfällt und Tränen vergießt, wenn er ein totes Tier erblickt, sowie meinen Töchtern, meinen Synonymen für Sonne, Mond und Sterne. Und meiner Mutter, die uns Männern der Familie verzeihen möge. Der Freiheit im Wald und dem Himmel darüber sind keine Grenzen gesetzt.

Karl Gerhard Auer

Das Wildern im Spiegel der Zeit

Die Wilderer kannten nur einen Herrn –
die mit ihren Gewalten und Schrecknissen sie
zähmende Natur.
Sie kannten nur einen Freund –
ihren Kugelstutzen.
Sie kannten nur einen Feind – den Jäger.
Peter Rosegger

Es war ein kalter Morgen, leichte Nebelschwaden lagen noch über dem Tal. Der Wald lag so still vor mir, daß ich meinen eigenen Atem hören konnte. Ich blieb stehen und versuchte mich im Dickicht der Sträucher und Bäume zurechtzufinden. Und tatsächlich, ich hatte die richtige Stelle wieder gefunden. Vor einigen Tagen schon hatte ich an der Lichtung vor mir einen prächtigen Zwölfender gesehen. Ich wußte, daß der Aufsichts-Jäger auf dieses Tier besonders achtete, aber um so größer war für mich der Reiz, den kapitalen Hirsch zu erlegen. Im Wald war ich immer alleine unterwegs, die Gefahr, von einem zweiten als Wilderer verraten zu werden, war einfach zu groß. Plötzlich tauchte das imposante Tier vor mir auf. Ich war ihm so nah, daß ich meinte, es würde mich sofort wittern und sein Heil in der Flucht suchen. Meine Anspannung war groß, ich wagte kaum noch zu atmen. Automatisch brachte ich mein Gewehr in Anschlag, nahm das Wild ins Visier und drückte ab. Ich hatte perfekt gezielt, tödlich getroffen brach der Hirsch zusammen. Nun hieß es warten, war mein Schuß gehört worden? Die Minuten des Wartens kamen mir wie Stunden vor. Ganz langsam nur, so schien es mir zumindest, bewegten sich die Zeiger meiner Uhr weiter. Weit und breit war nichts Verdächtiges zu hören oder zu sehen. Vorsich-

tig näherte ich mich meiner Beute. Ich beeilte mich, mein Jagdmesser aus dem Rucksack zu holen, um dem Tier das Haupt abzuschneiden. Ein Ritual, bei dem mir jedes Mal die Knie schlotterten. Wenn mich jetzt jemand entdecken würde, hätte ich keine Chance zu leugnen. Plötzlich knackte es hinter mir, erschrocken drehte ich mich um und ... beinahe blieb mir vor Angst das Herz stehen. Ein kleines Kaninchen war vor Schreck wie erstarrt, und ich weiß nicht, wer sich in diesem Moment mehr gefürchtet hat. Als ich schallend zu lachen begann, lief das kleine Tier, wild Hacken schlagend, davon.

So schilderte uns ein Tiroler Wilderer, der verständlicherweise ungenannt bleiben möchte, eines seiner Erlebnisse beim illegalen Jagen und seine Gefühle beim Wildern. Eine Geschichte von vielen? Oh ja, auch wenn man von Jäger-Seite meist hört, daß gar nicht so viel gewildert wird. Meist käme es nur alle paar Jahre zu illegalen Abschüssen, aber, wird dann eingeschränkt, im Wald wäre es eben auch schwierig, immer den Überblick zu behalten. Von der anderen Seite hört man natürlich genau das Gegenteil. Natürlich wird nach wie vor gewildert. In Tirol etwa gilt für Schwarzschützen das Motto – „Ich lebe, also wildere ich" – und in Gosau (Oberösterreich), einer Gegend, wo es gehäuft zu Wilddiebstählen kommt, gilt ein Bursche ab 16 Jahren ohnedies erst als Mann, wenn er selbst einmal gewildert hat.

Die Geschichte des Wilderns

Das Jagen wird seit Menschengedenken zum Zwecke der Selbsterhaltung betrieben. Und solange es Wild gibt, wird in den Wäldern und Bergen weiterhin gejagt werden. Aber nicht nur offizielle Jäger sind im grünen Tann unterwegs. Seit der Beschneidung des uralten Volksrechtes der freien Jagdausübung im Frühmittelalter wird ebenso fleißig gewildert. Die Wildschützen vergangener Tage waren verwegene Burschen, die gegen die gesellschaftliche und soziale Unterdrückung rebellierten. Sie nahmen einfach das Recht in Anspruch, sich zu holen, was die Natur für alle bereithielt.

Einst war es sogar üblich, die Tradition des Wilderns innerhalb einer Familie, von Generation zu Generation, weiterzugegeben. Es schien beinahe so, als verfügten vorwiegend die männlichen Mitglieder einer Familie über genetische Erbinformationen, die sie zu geborenen Schützen machten.

Das Wildern im Blut

Über fünf Generationen läßt sich auch die Familienchronik unseres Vorwortverfassers Karl Auer, und somit die Leidenschaft für die Wilderei, zurückverfolgen.

Bekannt ist soweit, daß ein Auer aus dem rumänischen Siebenbürgen nach Rottenmann in der Obersteiermark auswanderte. Heute noch leben in Siebenbürgen Nachkommen gebürtiger Obersteirer (vor allem aus dem Ausseerland), die zu Zeiten der Protestantenverfolgung Österreich verlassen mußten. Einige von ihren Nachkommen kehrten in die Heimat ihrer Väter zurück, so wie in diesem Fall der Großvater von Johann Auer, der als Nebenerwerbsbauer und Arbeiter in Strechau, unterhalb der gleichnamigen Burg, von 1880 bis 1969 lebte. Ob Johann Auer selbst, wie sein Vater und Großvater, ein Wilderer war, ist nicht bekannt. Wenn doch, dann war er es wie seine Vorgänger nicht aus purer Leidenschaft, sondern vielmehr aus reinem Überlebensdrang. Sein Sohn Siegfried Auer (1921–1974) und dessen unehelicher Sohn Siegfried, der beim Fensterln gezeugt wurde, waren aber aus Lust und Leidenschaft als Schwarzschützen unterwegs. Siegfried Auer sen. sorgte als erfahrener Wildschütz im Zweiten Weltkrieg dafür, daß seine abgeschnittene Kompanie an der Front nicht verhungerte. Statt sich auf den Feind einzuschießen, konzentrierte er sich lieber auf das Wild. Manchmal mußten auch die Hühner oder Ziegen der ansässigen Bauern daran glauben.

Sohn Siegfried, ein fleißiger LKW-Fahrer, lebte im Haus seines Großvaters, einem alten, heruntergekommenen Bauernhaus, das in den sechziger Jahren noch immer keinen Stromanschluß besaß. Siegfried jun. ging leise und unauffällig auf die Jagd. Mit seinem Schäferhund und einer kleinen, kaum 25 Zentimeter langen Armbrust war er im Wald unterwegs, das Wild starb lautlos. Wie es Tradition war, wußten nur die männlichen Familienmitglieder von der Wilderei, und die Leidenschaft für das illegale Jagen verbreitete sich bis in die weitverzweigte Verwandtschaft und deren Nachkommen.

Ein entfernter Verwandter der Familie aus einem Nachbarort von Liezen, erfolgreicher Gast- und Landwirt, verband die Leidenschaft fürs Wildern mit dem Geschäftlichen. Er wilderte erwerbsmäßig derart viel, daß es ihm zwei Jahre bedingte Haftstrafe und eine Geldstrafe von umgerechnet 10.000,- Euro einbrachte. Seine Art, Wild zu erlegen, galt aber selbst unter Wilderern als unehrenhaft. Er schoß im

Scheinwerferlicht seines Autos, vom Fahrersitz aus, das Wild. Unterstützt wurde er durch seinen Komplizen, einen Fleischer aus dem Bezirk, der das illegal erlegte Wildbret gewinnbringend an den Mann brachte. Das Jagdgebiet war die Gegend um Lassing, Oppenberg und die Burg Strechau.

Pikanterie am Rande: Der Ort Rottenmann liegt ganz in der Nähe des Gebirgsortes Oppenberg, einer 300 Seelen-Gemeinde, die in den siebziger Jahren in die Schlagzeilen geriet, weil der deutsche Milliardär Friedrich Karl Flick im Seitental der Strechen sein Sommerhaus und Jagdrevier hat. Dem leidenschaftlichen Jäger Flick war nämlich die Rote Armee Fraktion und die Bader-Meinhof-Bande bereits in Vorarlberg auf den Fersen. Es gab konkrete Pläne und Aufzeichnungen, Flick zu entführen. Daraufhin baute der Milliardär sein Jagdhaus in der abgeschiedenen und dünn besiedelten Gegend bei Oppenberg. Der Hochsicherheitstrakt des Jagddomizils, 1978 um 600 Millionen Schilling (!) errichtet, war wohl zu jener Zeit das bestgesicherte Objekt in Österreich und dient seither als Hauptwohnsitz und Bunker für den milliardenschweren Industriellen. Prominente Politiker wie Franz-Josef Strauß oder der spätere Kanzler Kohl zählten ebenso zu den Gästen des Milliardärs wie hochrangige Wirtschaftstreibende und bekannte Schauspieler. Die Zusammenarbeit der Jäger der Forstverwaltung, der Staatspolizei sowie des Bundeskriminalamts in Sachen Terroristen funktionierte großartig. Was den wachsamen Augen aber entging, war die „Arbeit" der mittlerweile verstorbenen Familienmitglieder der Auers. Klammheimlich und leise wilderten sie im Revier des superreichen Deutschen, ohne jemals erwischt zu werden.

Johann Auer, Enkel von Johann und der älteste von den insgesamt sechs Söhnen Siegfried Auers, (zwei starben sehr früh), war bereits im Kindesalter mit seinem Vater auf der Jagd. Beim Fischen in der Palten und im Strechen-Bach durfte Hans Schmiere stehen. Als Hirterbub in der Strechen versuchte er sich später selbst in Sachen Wildern. Ausgestattet mit einem Jagdmesser, welches er an der Palten ausgegraben hatte, lauerte er dem Jagdeigentum des Milliardärs Flick in der Strechen auf.

Den ganzen Sommer alleine auf der Alm, packte Hans die Jagdleidenschaft derart, daß er sich mit bloßen Händen an das Wild machte. „Ich war ständig auf der Lauer. Eines Tages war ich einem Reh ganz nah, nur wenige Schritte entfernt zückte ich das Messer und stach zu. Ich verfehlte das Tier nur knapp." Übrigens kam der Revierjäger dem jugendlichen Versuchswilderer Hans Auer auf die Schliche. Konse-

Johann Auer (1880 – 1969), Großvater unseres Vorwortschreibers Karl Auer: er wilderte aus reinem Überlebensdrang und versuchte so die Familie einigermaßen über die Runden zu bringen.

quenzen hatte die Sache keine, schließlich war Hans ja beim Wildern nie erfolgreich. Da hatte er wesentlich mehr Glück als jener Wilderer, der in der Nachkriegszeit von einem Unbekannten in den Wäldern von Oppenberg erschossen wurde. Diese Tat blieb bis heute ungeklärt. Auch Siegfried Auers jüngster Sproß, Karl, startete bereits im zarten Kindesalter Versuche im Wildern. Mit 10 Jahren ging er unter Anleitung seiner großen Brüder Fritz und Hans „schwarz" fischen, in den Wildbächen am Waldrand. Kleiner Bruch in der Familientradition: Eine seiner drei Töchter (!) war mit 9 Jahren beim Fischwildern dabei. Die junge Dame zeigte Talent, holte sie doch die Fische mit der Hand unter Steinen hervor, fischte sie aus dem Wasser und tötete sie ohne das Zutun ihres Vaters.

Seit damals haben sich der Lebensstil und die Gewohnheiten der Familie Auer ziemlich verändert. Heute bleiben nur noch die Erinnerungen an die fragwürdige Familientradition und ein wenig das Jagdfieber, wenn ein echter Auer einen Stutzen in die Hand bekommt.

Über viele Jahrzehnte hat diese Familie also illegal ihrer Jagdleidenschaft gefrönt, denn Wilderer ist jeder, der ohne Erlaubnis die Jagd ausübt.

Ganz anders sah die Angelegenheit für den Hochadel aus. Zwar machte das Jagdpatent, das Kaiser Franz Joseph 1848 erlassen hatte und mit dem die Jagd im wesentlichen auf ihre heutigen Grundlagen gestellt wurde, die Jagdausübung auch den Bürgern zugänglich. Trotzdem blieb das Jagen weiterhin ein Privileg bemittelter Großgrundbesitzer, reicher Fabrikanten und natürlich des Adels. Nur sie verfügten über die Mittel einer Eigen- oder Pachtjagd.

Bekannt für ihre Jagdleidenschaft waren die Mitglieder der Familie Habsburg, sie fanden absolut Gefallen an der noblen Angelegenheit der Jagd. Die Stückzahl der zur Strecke gebrachten Wildtiere würde heutige Tierschützer auf die Barrikaden bringen, denn das war mit normalen Maßstäben nicht mehr zu messen.

Kaiser Franz Joseph im Alter von etwa 35 Jahren in Jagdkleidung und sein Sohn Rudolf, damals ungefähr 6 Jahre alt, ebenfalls in zünftiger, ländlicher Tracht mit Lederhose. Die Jagd war eines der Hauptgesprächsthemen zwischen Vater und Sohn. Schon von frühester Jugend an nahm der Kaiser seinen Sohn mit auf die Jagd.

Der Kaiser nach erfolgreicher Jagd im Kreis der von ihm hochgeachteten Jäger in Mitterweißenbach bei Bad Ischl.

Erzherzog Franz Ferdinand von Österreich-Este nach der Jagd. Die „Massenschießereien" seines Neffen waren Franz Joseph oft ein Dorn im Auge, er bezeichnete die Jagdmethoden des Thronfolgers als unweidmännisch.

Nro. 119/40 1891.

1 fl EIN GULDEN

JAGD-KARTE

für Se. k. u. k. Apostolische Majestät Kaiser Franz Josef I.

Wohnort Ischl,

Alter ——— Statur ——— Haare ———

besondere Kennzeichen ———

Unterschrift des Inhabers der Jagdkarte

Gmunden am 30. Juli 1891.

Der k. k. Bezirkshauptmann

Giltig auf ein Jahr.

Eine Jagdkarte Kaiser Franz Josephs aus dem Jahr 1891, ausgestellt in Bad Ischl.

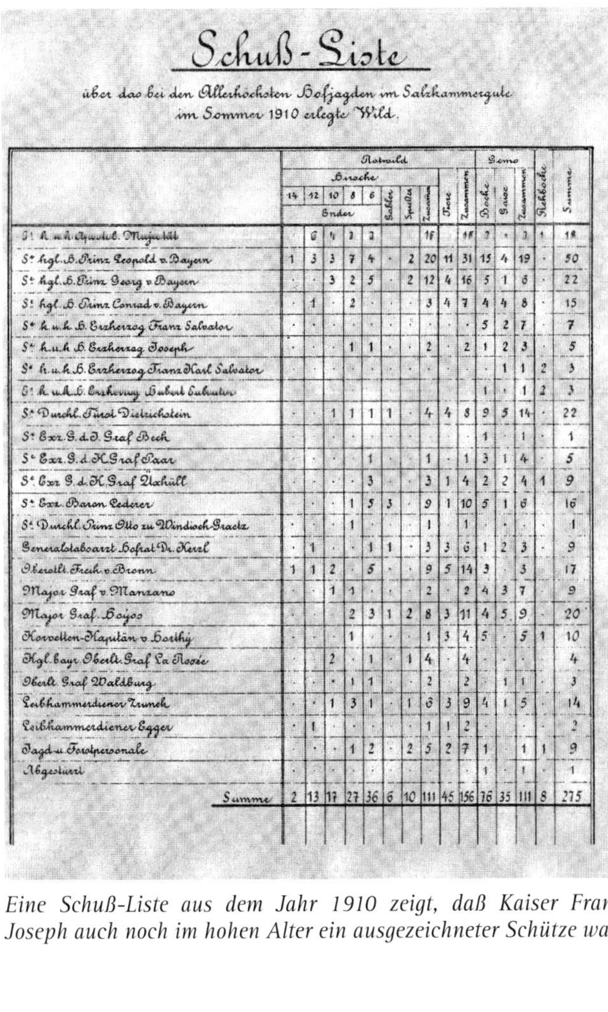

Schuß-Liste

über das bei den Allerhöchsten Hofjagden im Salzkammergute im Sommer 1910 erlegte Wild.

	Rotwild										Gems			Rehböcke	Summe
	Hirsche								Tiere	Zusammen	Böcke	Gaise	Zusammen		
	14 Ender	12 Ender	10 Ender	8 Ender	6 Ender	Gabler	Spießer	Zusammen							
Se. k. u. k. Apostol. Majestät	·	6	4	3	3			16		16	2	·	2	1	18
Se. kgl. H. Prinz Leopold v. Bayern	1	3	3	7	4	·	2	20	11	31	15	4	19	·	50
Se. kgl. H. Prinz Georg v. Bayern	·	·	3	2	5	·	2	12	4	16	5	1	6	·	22
Se. kgl. H. Prinz Conrad v. Bayern	·	1	·	2	·	·	·	3	4	7	4	4	8	·	15
Se. k. u. k. H. Erzherzog Franz Salvator	·	·	·	·	·	·	·	·	·	·	5	2	7	·	7
Se. k. u. k. H. Erzherzog Joseph	·	·	·	1	1	·	·	2	·	2	1	2	3	·	5
Se. k. u. k. H. Erzherzog Franz Karl Salvator	·	·	·	·	·	·	·	·	·	·	·	1	1	2	3
Se. k. u. k. H. Erzherzog Hubert Salvator											1	·	1	2	3
Se. Durchl. Fürst Dietrichstein	·	·	1	1	1	1	·	4	4	8	9	5	14	·	22
Se. Exz. G. d. I. Graf Beck	·	·	·	·	·	·	·	·	·	·	1	·	1	·	1
Se. Exz. G. d. K. Graf Paar	·	·	·	·	1	·	·	1	·	1	3	1	4	·	5
Se. Exz. G. d. K. Graf Üxküll	·	·	·	·	3	·	·	3	1	4	2	2	4	1	9
Se. Exz. Baron Lederer		·	·	1	5	3	·	9	1	10	5	1	6		16
Se. Durchl. Prinz Otto zu Windisch-Graetz	·	·	·	1	·		·	1		1	·	·	·	·	1
Generalstabsarzt Hofrat Dr. Kerzl	·	1	·	·	1	1	·	3	3	6	1	2	3	·	9
Oberstlt. Freih. v. Bronn	1	1	2	·	5	·	·	9	5	14	3	·	3		17
Major Graf v. Manzano	·	·	1	1	·	·	·	2	·	2	4	3	7	·	9
Major Graf Hoyos	·	·		2	3	1	2	8	3	11	4	5	9	·	20
Korvetten-Kapitän v. Horthy	·	·	·	1	·	·	·	1	3	4	5	·	5	1	10
Kgl. bayr. Oberlt. Graf La Rosée	·		2	·	1	·	1	4	·	4	·	·	·	·	4
Oberlt. Graf Waldburg	·	·	·	1	1	·	·	2	·	2	·	1	1	·	3
Leibkammerdiener Trunck	·	·	1	3	1	·	1	6	3	9	4	1	5	·	14
Leibkammerdiener Egger	·	1	·	·	·	·	·	1	1	2	·	·	·	·	2
Jagd u. Forstpersonale	·	·	·	1	2	·	2	5	2	7	1	·	1	1	9
Abgestürzt	·	·	·	·	·	·	·	·	·	·	1	·	1	·	1
Summe	2	13	17	27	36	6	10	111	45	156	76	35	111	8	275

Eine Schuß-Liste aus dem Jahr 1910 zeigt, daß Kaiser Franz Joseph auch noch im hohen Alter ein ausgezeichneter Schütze war.

Jagen aus Lust und Leidenschaft

Ein besonders nobler Jäger war Kaiser Franz Joseph I., der mit einem Troß an Jägern am liebsten in der Gegend um Bad Ischl auf die Jagd ging und dort Massen von Wildtieren erlegte. Davon können sich Besucher der Kaiservilla von Bad Ischl heute noch überzeugen, zieren doch eine Unzahl von Geweihen die Wände des herrschaftlichen Gebäudes. Der österreichische Kaiser war derart von der Jagd angetan, daß er einige seiner Berufsjäger mit Orden und Titeln überhäufte. So ist es überliefert, daß der Hofjagdleiter von Ebensee, Titz von Wildprügg, sowie sein Nachfolger Böhm in den Rang von Hofräten erhoben wurden. Außerdem bedachte der Kaiser die beiden mit dem Ritterkreuz des Leopold-Ordens. Von Wildprügg erhielt 1908 sogar das Komturkreuz mit den Sternen des Franz Joseph-Ordens. Daraus läßt sich schon ersehen, wie hoch der Jägerberuf in den Augen des alten Monarchen stand. Diese Auszeichnungen waren normalerweise langgedienten Militärs nach einigen Jahren erfolgreicher Kommandoführung vorbehalten.

Franz Joseph schaffte es bis 1914 immerhin, an die 10.000 Stück Wild zu erlegen. Das war schon ganz beachtlich, aber nicht vergleichbar mit den eklatant hohen Abschüssen seines Neffen. Thronfolger Franz Ferdinand war nicht nur ein besonders guter, sondern auch ein ausgesprochen schneller Schütze. Sein größtes Vergnügen war es, möglichst viel Wild in kurzer Zeit zur Strecke zu bringen. So erlegte der blaublütige Jäger im Jahr 1907 bei einer sogenannten Sperrjagd – dabei werden Wildsauen oder Hirsche aus nächster Distanz an den auf eigenen Jagdböden plazierten Schützen vorbeigetrieben – 176 Stück Wild in nur zwei Stunden, also ungefähr ein Stück Wild alle 40 Sekunden. Insgesamt soll er in seinem Leben über 270.000 Wildtiere, teilweise mit dem Maschinengewehr, geschossen haben. Damit dürfte er selbst unter den jagdbegeisterten Habsburgern einsamer Rekordhalter sein.

Aber nicht nur das Wild lebte unter den Habsburgern gefährlich, es kam schon hie und da vor, daß bei der kaiserlichen Jagd versehentlich ein Treiber der hochadeligen Herrschaften verletzt oder gar getötet wurde. In unserem nächsten Fall handelte es sich um den obersten Stallmeister von Kaiser Karl VI.

Das unglückliche Ende des Fürsten Adam Franz zu Schwarzenberg

Adam Franz zu Schwarzenberg (1680–1732) war zur damaligen Zeit regierender Fürst in Südböhmen und Herzog von Krumau. Der Adelige war zuerst Hofmarschall, später Geheimrat und zuletzt oberster Stallmeister am Hofe von Kaiser Karl VI. Der Fürst gehörte also zu den Leuten, die sich jahrelang in unmittelbarer Nähe des Herrschers aufhielten. Schwarzenberg war als kunstliebender Mäzen und Bauherr bekannt sowie als leidenschaftlicher Jäger. Und gerade diese Leidenschaft sollte ihm am Ende zum Verhängnis werden.

Der damalige Kaiser Karl VI. (1685–1740) war der jüngere Sohn Kaiser Leopolds I. und trat nach dem vorzeitigen Tod seines Bruders Joseph I. im Jahr 1711 die Herrschaft an. Karl VI. war der letzte Habsbur-

Kaiser Karl VI., der letzte Habsburger in männlicher Linie, erschoß bei einer Jagd seinen obersten Stallmeister, Fürst Adam Franz zu Schwarzenberg.

ger in männlicher Linie. Seine älteste Tochter Maria Theresia konnte auf Grund der Pragmatischen Sanktion seine Nachfolge antreten.

Die Geschichte um den verhängnisvollen Jagdunfall ereignete sich zu Beginn des Sommers 1732. Krumau, das heutige Ceský Krumlov, die Hauptresidenz der Schwarzenbergs, stand ganz im Zeichen der Vorbereitungen auf den hohen Besuch des Kaisers.

Karl VI. war mit seiner Frau, Kaiserin Elisabeth Christine, auf dem Rückweg von einer Kur in den westböhmischen Bädern. Zwischenstation machten der Kaiser und die Adeligen in seiner Begleitung, darunter auch Adam Franz zu Schwarzenberg, in Prag, um sich mit Jagden und Hetzjagden in der Umgebung der Hauptstadt des Königreichs zu vergnügen. Das Unglück geschah am 10. Juni 1732 bei einer Hirschjagd in Brandýs nad Labem. Die Teilnehmer der Jagd begaben sich in die Gebüsche des Jagdreviers und warteten auf eine Gelegenheit zu schießen. Dabei stellten sich der Kaiser und sein Stallmeister so unglücklich auf, daß sie nur 80 Schritte, das waren ungefähr 60 Meter, von einander entfernt waren und noch dazu einander gegenseitig in der Schußbahn standen. Als die Treiber fünf Hirsche aus dem Dickicht trieben, floh eines der Tiere zu der Wiese mit dem Stand der adeligen Jäger, direkt zwischen den Kaiser und den Fürsten. Auf das gegebene Zeichen schoß der Habsburger, der als Herrscher Vorrang hatte. Aber er verfehlte sein Ziel, und die Kugel blieb im Zaun eines Brandweinbrenners aus Brandýs stecken. Die Jagd ging natürlich weiter.

Wieder lief einer der Hirsche auf die betreffende Wiese. Diesmal war die kaiserliche Majestät jedoch „erfolgreicher". Sie verfehlte zwar wieder den Hirsch, traf dafür aber den Schwarzenberger. Die Kugel drang durch die linke Hüfte in den Körper des Fürsten ein, ging durch die Därme und die rechte Niere und blieb im Fettgewebe unter der rechten Hüfte stecken. Der angeschossene Fürst zu Schwarzenberg schrie vor Schmerzen und fiel zu Boden.

Die Jagd wurde unverzüglich beendet und der Schwerverletzte auf einem Wagen ins Schloß nach Brandýs transportiert. Man brachte ihn ins Zimmer des Wirtschaftsverwalters des Schlosses. Auf Wunsch des Fürsten wurde der Dekan des Ortes geholt, um ihm die letzte Ölung zu geben und die Beichte abzunehmen. Nach dem Befund des kaiserlichen Chirurgen Antonin Hautzinger, der auch auf der Jagd anwesend gewesen war und den Verletzten gleich behandelte, würde die schreckliche Wunde auf jeden Fall zum Tode führen. Diese schlimme Botschaft wurde sogleich dem Kaiser überbracht, der sichtlich erregt zu dem Sterbenden eilen wollte. Seine Begleiter rieten ihm davon ab. Sie meinten, der Kaiser solle lieber abwarten, wie sich der Fürst zu seinem Besuch äußern würde. Es sei nämlich anzunehmen, daß der Fürst über den Besuch des hohen Herrn möglicherweise nicht sonderlich erfreut wäre.

Und tatsächlich lehnte der Schwarzenberger den Besuch der Majestät mit folgenden Worten ab: „Der Kaiser soll sich nicht zu mir bemühen. Er soll sich auch nicht über das Unglück grämen, denn es ist der Wille des Höchsten gewesen, daß es geschehen ist." Nach der Übermittlung dieser Nachricht verzichtete der Kaiser auf einen Besuch bei dem sterbenden Fürsten. Als er erfuhr, daß dem Fürsten die letzte Ölung verabreicht worden war, verließ er erschüttert die Jagd und kehrte eilig nach Prag zurück.

Inzwischen ließ sich der Fürst die Jagdkleidung ausziehen und erwartete seinen Tod nur in der Gesellschaft seines persönlichen Jägers, Jan Jirí Reinhard, und seines Kammerdieners. In einem fremden Bett liegend, bat er Gott um Erbarmen. Er klagte bloß: „Jetzt ist es zu Ende mit mir. Gott wollte es. Es geschieht kein Wunder mehr, und ich bin bereit zu sterben." Er ließ noch einige Personen seiner Begleitung rufen und befahl den Anwesenden, auf die Knie zu sinken, und sagte: „Hiermit segne ich meine Ehefrau. Sagt ihr, daß ich mich von ihr verabschiede. Sie soll meinen Sohn (den damals noch minderjährigen Joseph Adam zu Schwarzenberg) gut erziehen und sich um unsere Untertanen annehmen. Ich segne meinen Sohn. Er soll seiner Mutter gehorchen und ihr eine Stütze sein. Auch euch segne ich und danke euch für die treuen Dienste."

Dem kaiserlichen Chirurgen befahl er mit folgenden Worten nach Prag zum Kaiser zu fahren: „Seine kaiserliche Hoheit erschrak sicher sehr, und es wird nötig sein, ihn zur Ader zu lassen." Er beauftragte den Hofarzt, den Kaiser zu bitten, sich um Frau, Kind und Untertanen zu kümmern und sie nicht zu verlassen. „Es ist die Entscheidung des Himmels, daß ich von seiner Hoheit erschossen wurde. Nach meiner Ankunft im Himmel werde ich Gott bitten, daß er ihm einen Nachkommen und eine lange Regierung gönnt."

Am 11. Juni nachts kamen aus Prag zwei vom Kaiser gesandte Kapuziner. Sie beteten, und der Fürst spürte sein Ende nahen. Drei Stunden nach Mitternacht verschied Adam Franz zu Schwarzenberg. Sein Leichnam wurde nach Prag in das Palais Schwarzenberg auf den Hradschin gebracht. Am gleichen Nachmittag wurde die Obduktion vorgenommen und die Kugel aus dem Körper entfernt. Das tödliche

Geschoß und die Jagdkleidung des Fürsten werden noch heute im Krumauer Schloß aufbewahrt. Der Leichnam des Fürsten wurde einbalsamiert und eine Woche später nach Wien gebracht. Die Beerdigung fand am 25. Juni 1732 statt, der Sarg wurde in der Familiengruft in der Wiener Augustinerkirche beigesetzt. Ein Jahr später wurde der doppelte Holzsarg von Fürst Adam Franz durch einen prunkvollen Kupfersarg ersetzt, sein Grabstein ist noch heute in der Augustinerkirche zu sehen.

Der Kaiser war sich seiner Schuld am Tod des Fürsten sehr bewußt, schon am 6. Juli 1732, nicht einmal einen Monat nach der Tragödie, zeichnete er den zehnjährigen Sohn Joseph Adam mit dem Orden des Goldenen Vlieses aus.

Der Verlauf des tragischen Jagdunfalls wurde dann noch durch eine Sonderkommission untersucht. Letztere kam aber, schon auf Grund der hochrangigen Beteiligten, zu keinem anderen Schluß als diesem, daß es sich nur um einen unglücklichen Zufall gehandelt habe. Es kam einfach bei der Aufstellung der Schützen zu dem verhängnisvollen Fehler, daß sich Kaiser und Stallmeister „unbewußt“ direkt gegenüber aufstellten. Demnach war es nur eine Frage der Zeit, bis ein Hirsch zwischen die beiden Männer laufen und einer von beiden im Falle eines Schußwechsels zu Schaden kommen würde. Unvorstellbar eigentlich, was passiert wäre, wenn der tödliche Schuß von fürstlicher Seite gefallen wäre.

Die Allmacht des hohen Adels

Wie man sieht, war die Jagd als solches viele Jahrhunderte lang dem Adel vorbehalten. Angesichts der Anzahl der erlegten Tiere, wie im Fall des Thronfolgers Franz Ferdinand, verwundert es nicht, daß sich das hungernde Volk das Recht herausnahm, illegal Wild zu erlegen. Man darf aber auch nicht vergessen, daß bis etwa 1000 nach Christus jeder Bauer nach germanischem Recht die Jagd ausüben durfte. Mit der Übernahme des römischen Rechtes in deutschen Landen änderte sich aber alles grundlegend, denn von nun an gehörte alles herrenlose Gut, also auch die Tiere des Waldes, dem Kaiser, König oder dem jeweiligen Landesherren. Das „gemeine“ Volk fühlte sich in seinen ursprünglichen Rechten beschnitten. Kirche und Adel entzogen den Bauern größtenteils gewaltsam immer mehr Grund und Boden, aber auch Wald, und damit Jagdgebiet, durch Einforstungen und Wildbannprivilegien. Der Bauernstand wurde in die Leibeigenschaft gezwungen, die neuen Grundherren beanspruchten das alleinige Jagdrecht für sich. Immer wieder kam es zu Aufständen der Bauern, weil diese von der Jagd ausgeschlossen waren. Mit dem Endeffekt, daß der Bauernstand immer öfter zu den Waffen griff, um sich das zu holen, was ihm nach altem germanischen Recht zweifellos zustand. Schließlich entlud sich die immer größer werdende Unzufriedenheit der Bauern in den folgenden Jahren in mehreren Bauernkriegen.

Die Menschen, die in den Wäldern des Adels wilderten, trieb vor allem der Hunger. Aber auch die immer größer werdenden Schäden, die das überzählig vorhandene Wild anrichtete, veranlaßte die Bauern zur illegalen Jagd. Da das Wild nur mehr von den Adeligen geschossen werden durfte und der Wildbestand für noble Jagden extra hoch gehalten wurde – damit auch jeder der edlen Herren garantiert einen Treffer verbuchen würde –, war das Wild zu einer Bedrohung der bäuerlichen Felder geworden. Und damit gleichzeitig zu einer Bedrohung der Existenz, denn durch den Wildschaden kam es zu Ernteausfällen, und das führte zu noch weniger Nahrungsmitteln für die ohnehin nur unter kargen Verhältnissen lebende Bevölkerung. 1525 verfaßten oberschwäbische Bauern die berühmten zwölf Artikel, eine Beschwerdeschrift, von den Bauern selbst so genannt: „die gründlichen und rechten Hauptartikel aller Bauernschaft und Hintersassen der geistlichen und weltlichen Obrigkeiten, von welchen sie sich beschwert vermeinen."

Die Artikel bezogen sich unter anderem auf den Wald und auch auf die Jagd. Darin wurde die Freigabe von Jagd, Vogelfang und Fischerei verlangt, denn „als Gott der Herr den Menschen erschuf, hat er ihm Gewalt gegeben über alle Tiere, über den Vogel in der Luft und den Fisch im Wasser. Die Bauern klagten weiters an, daß die Obrigkeit eigennützig und dem Wort Gottes nicht gemäß dem armen Mann die Jagd auf Wildbret und Fische nicht erlaubte. Die Bauern beriefen sich also eindeutig auf das Recht der Jagd, und es kam letztendlich zum großen deutschen Bauernkrieg. Dieser wurde aber ebenso blutig niedergeschlagen wie hundert Jahre später die Erhebung oberösterreichischer Bauern unter Stefan Fadinger.

Als im Mai 1625, zur Zeit des Dreißigjährigen Krieges, im oberösterreichischen Frankenburg (damals zu Bayern gehörend) ein römischer Geistlicher eingesetzt werden sollte, kam es zum bewaffneten Aufstand der Bürger und Bauern. Letztere wehrten sich gegen die bayerische Pfandherrschaft und die Gegenreformation. Sie wollten den katholischen Glauben nicht annehmen und gerieten in Aufruhr. Die Rebellion wurde nach drei Tagen wieder aufgegeben, da der bayerische Statthalter Adam Graf von Herberstorff Gnade versprach, falls die Aufständischen ohne „Wehr und Waffen" zum Haushamerfeld bei Frankenburg kommen würden. Aber die vermeintliche Gnade entpuppte sich als böser Hinterhalt. Der grausame Graf ließ 36 Männer paarweise um ihr Leben würfeln. Wer die höhere Augenzahl würfelte, wurde begnadigt, der mit der niedrigeren Augenzahl wurde getötet. Diese Männer fanden den Tod durch den Strick. Das sogenannte „Frankenburger Würfelspiel" wurde zum Auslöser des oberösterreichischen Bauernkrieges 1626. Führer der Aufständischen im Bauernkrieg war Stefan Fadinger, der heute manchmal auch als oberösterreichischer Andreas Hofer bezeichnet wird. Er wurde zur Symbolfigur für den Widerstand gegen Ungerechtigkeit und Unterdrückung. Unter Stefan Fadinger und seinem Schwager, Christoph Zeller, erhoben sich 40.000 Bauern im Land ob der Enns und belagerten Linz. Nachdem die beiden Anführer dort gefallen waren, wurde der Aufstand im November 1626 durch den bayerischen General H. G. Pappenheim niedergeschlagen, die führenden Teilnehmer wurden schwer bestraft.

Die Bauernkriege brachten für die Unterlegenen neue Unterdrükkung und harte Strafen. In allen Fällen hielten Landesfürst und Kaiser zu den adeligen und kirchlichen Grundherren, die Standesinteressen siegten über die religiöse Solidarität.

Die Bauern wurden von den adeligen Herren hart bestraft, aber sie gaben nicht auf. Immer mehr hatten sie auch unter der übersteigerten Jagdlust der hohen Herrschaften zu leiden. Sie mußten Treiberdienste leisten und auch sonst nahezu alles über sich ergehen lassen. Machtlos mußten sie mit ansehen, wie die feinen Jagdgesellschaften durch ihre mühsam bestellten Felder ritten und die Ernte vernichteten. Einfriedungen und Zäune, um Gärten und Felder zu schützen, wurden einfach niedergetrampelt. Den Bauern war es verboten, das Wild zu verscheuchen. Hunde, die sie sich hielten, um das Wild zu vertreiben, wurden von Forstbeamten einfach niedergeschossen. Irgendwann war das Maß voll und die Bauern griffen zur Selbsthilfe, indem sie das viele Wild durch illegale Abschüsse gezielt reduzierten. Und je mehr der Wilddiebstahl durch die bäuerlichen Schützen überhandnahm, desto grausamer wurden die Strafen, die sich die Obrigkeit für die Wilderer erdachte.

Strafen einst

Sobald die Landesherren um etwa 1000 nach Chr. das Jagdrecht für sich alleine beanspruchten, betrachteten sie die rebellischen Bauern als ihre Feinde, die ihnen das Jagdvergnügen nehmen wollten. Die Adeligen gefielen sich in der Rolle als Herren über Wald und Feld sowie über Leben und Tod. In dieser Weltordnung konnten die Bauern nicht den Platz gleichberechtigter Jäger einnehmen. Wildern wurde von der Obrigkeit als Form großer Respektlosigkeit angesehen. Ertappte man einen Bauern beim Wildern, mußte er mit drastischen Strafen rechnen. Das Strafausmaß richtete sich nach verschiedenen Kriterien. Zum einen war es abhängig von der Art des erlegten Wildes, zum anderen von der Art des Wilderns, etwa, ob der Wilderer allein auf die Pirsch ging, oder eine ganze Bande am Werk war. Ebenso war bei der Bemessung der Strafen der ertappten Wilderer von Bedeutung, ob das Jagdpersonal der Adeligen bei den Wilderer-Raubzügen in Mitleidenschaft gezogen worden war.

Eine Art der Bestrafung war es z.B., den Schwarzschützen auf einen Hirschen zu binden und diesen in gebirgiges Gelände zu jagen. Ein Unterfangen, das meist beide Beteiligten das Leben kostete. Das Abhacken von Fingern oder der ganzen Hand, das Abschneiden beider Ohren, eine Strafe, zu der im Bregenzerwald ein Wilderer „begnadigt“ (!) wurde, sowie das Ausstechen der Augen gestellter Wilddiebe waren besonders grausame Strafen, wobei letzteres zu der schwersten Verstümmelungsstrafe zählte und einer Verurteilung zum Tode gleichkam. Die Liste ließe sich beliebig fortsetzen.

Auch Prangerstehen war ein beliebtes Strafmittel. Wurde ein Wilderer etwa ein zweites Mal beim Wilddiebstahl ertappt, wurde er mit einem auf den Rücken gebundenen Hirsch- oder Gamsgeweih öffentlich an den Pranger gestellt. Auch beliebt als Strafe: das Aufsetzen von Gamskrickerln oder eines Hirschgeweihes in Form der Wildererkappe. Dabei wurde das auf einem Eisenring angebrachte Geweih um den Kopf des Verurteilten fest vernietet, eine sehr schmerzhafte Form der Befestigung. So „geschmückt“ mußte der Straftäter längere Zeit oft schwere Arbeit verrichten.

Einer Todesstrafe gleich kam auch die Verurteilung zur Galeerenstrafe: Die verurteilten Wilderer wurden als Ruderer eingesetzt, eine knochenharte Arbeit, die in den meisten Fällen über die Jahre (das Strafmaß betrug sechs bis zehn Jahre) zum Tode führte. Erzherzog

Ferdinand II. bestimmte in einem Jagdmandat von 1584, daß jeder ledige Wilddieb auf die Galeere zu schicken sei. Verheirateten Wilderern blieb dieses Schicksal zwar erspart, dafür lähmte man ihnen einen Schenkel. Unter Kaiser Ferdinand I. wurde die Galeerenstrafe auf die habsburgischen Erblande ausgedehnt, damit wurde diese Form der Bestrafung nicht mehr ausschließlich von seefahrenden Ländern betrieben, auch aus Binnenländern wurden Sträflinge auf die

Kaiserin Maria Theresia strafte Wilderer durch Verbannung zur Schanzarbeit nach Ungarn. Für sie war Wildern eine schlimme Majestätsbeleidigung.

Schiffe verfrachtet. Die Verbannung von Haus und Hof war als Strafe im 17. Jahrhundert ebenfalls beliebt. Meist wurden Frau und Kinder als Mitwisser verdächtigt und gleich mit dem Täter aus der Gegend vertrieben oder, noch ärger, gänzlich des Herrschaftsgebietes verwiesen. Damit war dann die Existenz einer ganzen Familie mit einem Schlag vernichtet.

Interessant erscheint, daß nicht einmal die Todesstrafe die Wildschützen von der verbotenen Jagd abhalten konnte. Schon damals entbrannten Diskussionen, ob es wirklich Rechtens sei, einen Wildschützen wegen eines erlegten Tieres mit dem Tode zu bestrafen. Schließlich sei der Mensch nach Gottes Ebenbild geschaffen, und es wäre daher grausam, ihm wegen eines unvernünftigen Tieres das Leben zu nehmen. Andere wiederum hielten die Todesstrafe für berechtigt, weil die Wilderer die Obrigkeit mißachteten. Der Adel wollte die Bauern mit allen Mitteln von der Jagd fernhalten, das ging sogar so weit, daß Wilddiebstahl als Majestätsverbrechen gewertet wurde. Auch Kaiserin Maria Theresia dachte ähnlich über Wildschützen, sah sie als Beleidiger ihrer kaiserlichen Majestät. Zwar gingen unter Maria Theresia im 18. Jahrhundert die Verurteilungen zu Galeerenstrafen zurück. An ihre Stelle trat die Verschickung der Wilddiebe in „Eisen und Banden" zur Schanzarbeit nach Ungarn. Dabei wurde die Bestrafung der Wilderer nach verschiedenen Kriterien eingeteilt. Differenziert wurde nach Tat, etwa ob kleines oder großes Wild erlegt wurde, und nach Täter. Demnach war es von großer Bedeutung für das Strafausmaß, ob es sich um einen Ersttäter handelte oder um gewohnheitsmäßige Wildschützen. Mindestens sechs Monate, meist aber zwei oder vier Jahre und länger dauerte die strafbedingte Schanzarbeit in einer ungarischen Grenzfestung. Auch wurde den Wilderern mit langen Zuchthausstrafen und schwerer Zwangsarbeit sowie vollständiger Isolation gedroht, für den Fall, daß sie ihre Mittäter oder Hehler nicht verrieten.

Obwohl von seiten der Obrigkeit äußerst hart gegen die Wildschützen vorgegangen wurde, blieben wirkliche Erfolge aus. Selbst die härtesten Strafen konnten die kühnen Burschen, die ja auch großen Rückhalt in der Bevölkerung genossen, nicht von der illegalen Jagd abbringen.

Jagdgebiet mitten in Wien

An der Geschichte des Wiener Praters zeigt sich, daß Nachgeben manchmal der vernünftigere Weg ist. Das riesige Grüngebiet in Wien-Leopoldstadt, das heute Wiener und Besucher aus aller Welt erfreut, wurde erstmals 1194 urkundlich erwähnt. Damals schenkte der Babenberger Friedrich I. einige Wiesen der Au dem adeligen Geschlecht de Prato. Bis 1329 stritt die Familie mit anderen um den nach ihr benannten Besitz. Anderen Aufzeichnungen zufolge wurde das Wort Prater (latein. pratum = Wiese) erst seit 1403 verwendet. Ursprünglich bezeichnete man nur eine kleine Donauinsel nördlich der Freudenau so. Im Laufe der Zeit wurde der Begriff auch für die angrenzenden Auen verwendet. Das Gebiet wechselte häufig seine Besitzer, bis im Jahr 1564 Kaiser Maximilian II. an die Regierung kam. Der gewaltige Jäger und Jagdfreund – er ließ unter anderem auch das damalige Jagdschloß Schönbrunn erbauen – befahl den Ankauf aller dieser Grundstücke, um ein großes Jagdrevier zu schaffen. Er wollte sich in nächster Nähe der Residenz den Vergnügungen der Jagd hingeben. (Immerhin fanden bis 1920 Jagden im Prater statt.)

Wo nun ein Jagdrevier, da gab es plötzlich auch Wilderer. Deshalb ließ der Kaiser quasi den gesamten 2. Bezirk mit Zäunen und Planken verschließen, so daß ein kaiserlicher Forst entstand. Der Grund zur Jägerzeile (die heutige Praterstraße) wurde 1569 gelegt. Kaiser Maximilian II. ließ auf dem Boden dieser Vorstadt für seine Jäger kleine Häuser in einer Reihe (Zeil) errichten.

Im Jahr 1592 erging unter Kaiser Rudolf II. folgendes Verbot: „Niemand soll in unserer Au, dem Prater, zur Sommer- oder Winterzeit gehen, fahren, reiten, hetzen, jagen oder fischen, ohne Willen des kaiserlichen Forstknechtes Hanns Bengel.“. Dieser machte seinem Namen alle Ehre. Er zeichnete sich durch äußerste Grobheit gegenüber harmlosen Spaziergängern aus und erst recht gegenüber illegalen Eindringlingen. Das Betreten des Praters wurde unter Strafe gestellt, der Kaiser versuchte damit, relativ erfolglos, das Wildern in diesem Grüngebiet zu unterbinden. Das Verbot wurde immer wieder erneuert, blieb aber dennoch ziemlich wirkungslos.

Unter Karl VI. wurde das Gesetz etwas gemildert, aber immer noch erhielt nur der hohe Adel die Erlaubnis – wenn auch unter strengen Auflagen, so durften etwa die Kutschen nicht verlassen werden –, sich in den grünen Auen zu ergötzen. Bis schließlich am 7. April 1766 Kaiser

Die alte Ansicht des Wiener Praters vom Praterstern aus zeigt rechts das Riesenrad und die riesigen Auen, die bis 1766 ausschließlich dem hohen Adel als Jagd- und Vergnügungsgebiet dienten.

Joseph II. den Prater zur allgemeinen Benutzung freigab. Er bestimmte den Prater zum allgemeinen Belustigungsort und gestattete dem Volk während der Sommermonate Spaziergänge bis zum Untergang der Sonne. Als der Kaiser bei der Eröffnung des Praters von einem adeligen Herrn darauf aufmerksam gemacht wurde, daß Seine Majestät sich beim Spaziergehen jetzt wohl unter das gemeine Volk mischen werde müssen, erwiderte der Kaiser trocken: „Mein Lieber, wenn ich stets unter meinesgleichen herumwandeln wollte, dürfte ich nur in der Kaiserlichen Gruft spazierengehen."

Im Jahr 1775 ließ Joseph II. sämtliche Gitter niederreißen, der Prater war damit zu jeder Tages- und Jahreszeit zugänglich. Der menschenfreundliche Kaiser genehmigte auch die Ansiedelung von Kaffeesiedern und Wirten, damit war der Grundstein zur Entstehung des heutigen Wurstelpraters (ein Vergnügungspark und Teil der Praterauen) gelegt. Der Prater wurde aber nicht nur ein Zentrum der Unterhaltung, sondern auch der Prostitution und des Glückspiels. 1873 wurde in Wien eine Weltausstellung abgehalten, dazu wurde ein großes Gelände mit Ausstellungshallen angelegt, in dessen Zentrum die

Rotunde (1937 abgebrannt) stand. Heute befindet sich hier das Messegelände. Wo einst wilde Jagden stattfanden, wird heute höchstens noch auf Zielscheiben in Schießbuden geschossen. Vom Wahrzeichen des Praters aus, dem 1896/97 erbauten Riesenrad, hat man einen herrlichen Blick über das gesamte Gebiet der ehemaligen kaiserlichen Jagdgründe.

Die Revolution von 1848

Bis weit nach der Regentschaft von Kaiserin Maria Theresia blieb die Jagd den Adeligen und später auch reichen Großindustriellen vorbehalten. Erst die Revolution von 1848 brachte eine, wenn auch theoretische, Verbesserung für die Bauern mit sich. Eine bedeutende Rolle in diesem Zusammenhang spielte damals der Student und junge Reichstagsabgeordnete Hans Kudlich. Er stellte am 24. Juli 1848 einen Antrag auf Aufhebung des Untertänigkeitsverhältnisses. Darauf basierend wurde nach einigen Veränderungen schließlich ein Grundentlastungsgesetz beschlossen. Ob Kudlich auch das Jagdrecht in seinem Antrag erwähnte, läßt sich nicht mehr eindeutig zurückverfolgen, aber er wußte sehr wohl um die Benachteiligung der Bauern aus eigener Erfahrung. Er hatte in seiner frühesten Jugend selbst gewildert und schrieb deshalb in seinen Erinnerungen unter dem Titel: „Sclaverei, Leibeigenschaft, Unterthänigkeit“: *Das Jagdrecht der Herrschaft auf bäuerlichen Gründen war den Bauern stets ein Dorn im Auge. Daß von dem Wilde, von Hasen und Rehen ein bedeutender Wildschaden verursacht, daß von den Jagenden die Saaten und Felder niedergetreten werden durften, das wollte ihnen nicht in den Kopf. Deshalb entschädigten sie sich dadurch, daß sie den fürstlichen Jägern soviel als möglich von dem Wild des Reviers wegschossen. Sobald die Luft rein war und der fürstliche Jäger sich zurückgezogen hatte, tauchten die bäuerlichen Jagdliebhaber von allen Seiten auf und nahmen Besitz von einem Theil der Herrenrechte Sr. Durchlaucht, des Fürsten Liechtenstein!*“

Das aristokratische Privileg des Jagdrechtes wurde also abgeschafft. Nun konnten auch Bauern, die über genügend Grundbesitz verfügten, die Jagd ausüben. Das heißt, die Jagd wurde nun mit dem Grundeigentum verbunden, die selbständige Jagdausübung an eine bestimmte Grundstücksgröße, 115 Hektar, gebunden. Die früheren Untertanen erhielten somit das Jagdrecht, aber auf den Bauern, vor allem jenen, die nicht über genügend Grundbesitz verfügten, lastete ein enormer finanzieller Druck. Jetzt waren die Bauern zwar „frei", mußten aber ihren ehemaligen Grundherren zwei Drittel der Einbußen, die diese durch die „Bauernbefreiung" erlitten hatten, in Geldeswert ersetzen. Folglich gab es zu dieser Zeit eine hohe Zahl an hochverschuldeten Landwirtschaften. Und so kam es, daß finanzstarke Käufer, vor allem Adelige, Bankiers und gutsituierte Großindustrielle ohne große Anstrengung in den Besitz bäuerlicher Anwesen kamen.

Damals entstand auch der Begriff des „Bauernlegens". Das Bauernlegen ging folgendermaßen vor sich: Den verschuldeten Bauern wurden großzügige Kredite eingeräumt. Konnten sie diese dann nicht zurückzahlen, was von den Kreditgebern ja gewissermaßen einkalkuliert wurde, wurde von den feinen Herren versucht, die bäuerlichen Gründe billigst zu erwerben. Es wurde den Bauern nahegelegt, ihre Anwesen zu verkaufen, denn so konnten sie zumindest ihre Schulden begleichen, auch wenn ihnen sonst nichts mehr blieb. Die größte Demütigung war es dann, die Bauern auch noch als Treiber bei den Jagden einzusetzen. So fanden die „hineingelegten" Bauern dann auch nichts dabei, den neuen Grundbesitzern das beste Wild vor der Nase wegzuschießen. Aber auch die verbleibenden Bauern litten unter den neuen Grundbesitzern. Die neureichen Bürgerlichen imitierten den alten Adel. Abermals wurde das Wild überhegt, große Wildschäden waren die Folge. Den Kleinbauern und ärmlichen Gebirgsbewohnern blieb eigentlich gar nichts anderes übrig, als zu wildern. Weniger das Abenteuer trieb die Burschen zum illegalen Jagen, sondern vielmehr die Sorge um das blanke Überleben. Das Aufbessern des kargen Speisezettels führte zu einem neuerlichen Anstieg der Wilddiebstähle. Außerdem fühlten sich die hintergangenen Bauern geradezu im Recht gegenüber ihren Vertreibern, schließlich hatte man ihnen übel mitgespielt.

Der Wilderer-Ehrenkodex

Bis in die heutige Zeit haben sich Wilderer eine Art Ehrenkodex erhalten. Ungeschriebene Regeln, die jedoch von richtigen Wilderern auf jeden Fall eingehalten werden. Sie selbst unterscheiden zwischen „ehrenhaften" und „unehrenhaften" Wildschützen. Erstere werden von den anderen Wilderern der Gegend, von den Bauern und im besten Fall auch vom Jäger akzeptiert. Sie halten sich an gewisse Regeln und verfügen über ein großes waidmännisches Wissen. So beachten sie Schonzeiten, sind nicht nur auf Trophäen aus und würden keinem Kitz die Geiß wegschießen. Ganz anders die „unehrenhaften“ Wilderer, die als Raubschützen gedankenlos auf alles schießen, was sich bewegt. Dabei bedienen sie sich Mitteln, über die ein echter Waidmann, ob Jäger oder Wilderer, nur den Kopf schütteln kann. Verachtenswert sind vor allem jene Wilderer, die aus dem Auto, meist bei Nacht, mit riesigen Scheinwerfern ausgestattet, auf das geblendete Wild schießen. Es wird aus blinder Schießwut gewildert, die Beute bleibt oft liegen, im besten Fall wird gerade einmal die Trophäe mitgenommen. Genauso wird das erlegte Wild nicht aufgebrochen und ist somit nach kurzer Zeit unbrauchbar. Geradezu provozierend wird Wildbret vergeudet, eine Tatsache, die Jäger und „ehrenhafte“ Wilderer gleichermaßen verärgert. „Unehrenhafte“ Wilderer haben auch keine Skrupel, Tiere zu quälen, indem sie etwa mit Schlingen oder Fallen jagen und so dem Wild oft unnötige Schmerzen bereiten. Ein echter Wilderer wird immer trachten, keine Spuren zu hinterlassen. Meist arbeitet er so geschickt, daß der Jäger oft erst nach einiger Zeit merkt, daß sich der Wildbestand auf mysteriöse Weise verringert. ○

Sagen, Mythen und die Kirche

Vor gar nicht langer Zeit noch war der Aberglauben unter weiten Teilen der Bevölkerung, vor allem jener auf dem Land, weit verbreitet. Auch den Wilderern wurden sagenhafte Kräfte zugesprochen. So gab es etwa Mitte der dreißiger Jahre einen Wildschützen in Altaussee, dem nachgesagt wurde, eine, „Zauberbüchse" zu besitzen. Mysteriöserweise verschwanden Wildtiere, ohne daß jemals ein Schuß gehört wurde. Nicht nur die Bevölkerung, auch die zuständigen Jäger waren extrem abergläubisch und hatten großen Respekt vor dem Wilderer mit dem lautlosen Gewehr. Damals ahnte noch niemand, daß der Wilddieb bereits recht fortschrittlich unterwegs war. Sein Stutzen war keine „Zauberbüchse", verfügte aber über einen Schalldämpfer, den sich der Mann in Tirol hatte anfertigen lassen.

Schon in den Jahrhunderten zuvor waren magische Praktiken unter Wilderern weit verbreitet. Sie sollten den Männern zu fetter Beute verhelfen und sie gleichzeitig vor den Gefahren in der Natur und natürlich vor den „feindlichen" Jägern beschützen. Es erforderte schließlich ein großes Maß an Mut, sich im unwegsamen Gebirge fortzubewegen und – immer auf der Hut vor dem Jäger – auf heimliche Pirsch zu gehen.

Die Riten waren regional verschieden. So trank man in manchen Gegenden das Blut von Gamsböcken, weil diese mit ihren schwarzen Rückenhaaren sowie ihrem Gehörn angeblich dem Teufel ähnelten und so magische Kräfte verleihen sollten. Auch geweihte Hostien mußten mancherorts dazu herhalten, um den Wilderer treffsicher und vor allem kugelfest zu machen.

Gewinnbringend trieben Wildschützen Handel mit bestimmten Wildteilen, die unter der bäuerlichen Bevölkerung sehr beliebt waren. So sollte etwa die Gamsrose (die Brunftrose, die ausgeschnitten und getrocknet wurde) einer Gebärenden die Geburt erleichtern. Auch gegen Zahnschmerzen gab es ein Mittel, das vor allem bei jungen hübschen Mädchen (!) besonders gut wirken sollte. Neben einer von einem Wilderer ausgeschossenen Bleikugel, welche durch das Wild gegangen sein mußte und die man sich zwecks Schmerzstillung unter die Zunge legte, sollten die Küsse eines feschen Wilderers eine ähnliche Wirkung haben.

Auch in Sagen spielen Wilderer immer wieder eine Rolle, wie in der nachfolgenden, aus Kärnten überlieferten Geschichte.

Die Teufelsbrücke

Dort, wo die Turracher Straße bald hinter Ebene Reichenau steil zur Turracher Höhe anzusteigen beginnt, stand früher eine alte, wettergraue Steinbrücke – die sogenannte „Teufelsbrücke", die eine sehr tiefe Klamm überspannt. Durch diese Schlucht rauscht und schäumt der Winklbach der Gurk entgegen.

„Die Schlucht hat einmal der Teufel aufgerissen, weil ihm eine Menschenseele entkommen ist", so wissen die Einheimischen zu erzählen, die sich manchmal an die Brückenmauer lehnen und neugierigen Fremden das Geheimnis des Naturwunders erklären. Zur Bekräftigung zeigen die Bergbauern etwa einen Kilometer oberhalb der Teufelsbrücke, rechts neben der alten Straße in Birkach, noch auf eine riesengroße „Teufelswand", an deren Vorderseite ein kopfgroßes Loch ausgerissen erscheint. Dieses Loch trägt deutliche Spuren einer gewaltigen Faust. Damit man diese Faust im Vorbeifahren leichter sieht, trägt sie einen roten Anstrich.

Wenn man dieses sonderbare Loch gesehen hat, dann versteht man die Bergbauern von der Turracher Höhe, Winkl sowie Saureggen und deren Erzählungen:

Der Feidl-Jakob war der leidenschaftlichste und gefährlichste Wilderer der Gegend. Schon oft lauerte man ihm auf, doch nie konnte man ihn auf frischer Tat ertappen. Am liebsten pirschte Jakob am Sonntag vormittag durch das Gehege von Saureggen, weil die örtliche Bevölkerung um diese Zeit in Ebene Reichenau zur Kirche ging.

Wieder einmal lauerte Jakob hoch droben im Tristal auf das Wild, doch kein Bock zeigte sich. Als er schon von Reichenau herauf die Sonntagsglocken läuten hörte, warf er seine Büchse über die Schulter und begann fürchterlich zu fluchen: „Das verdammte Geläute da unten vertreibt mir das ganze Wild! Dieses heilige Bimmelzeug reiß' ich ihnen noch einmal vom Turm und werfe es in den Bach! Heut' bin ich wieder einmal ganz umsonst da heroben! Der Teufel soll mich holen!"

Kaum hat er das Fluchwort gesprochen, raschelte es hinter ihm im Geäst und der „grüne Jäger" sprang mit lachender Fratze aus dem Gebüsch. An den Ziegenbeinen erkannte Jakob sofort, daß es der Teufel höchstpersönlich war. Jakob tat einen fürchterlichen Angstschrei und rannte die alte Straße hinunter, dem Tal zu.

Der Teufel folgte dem Wilderer auf der steilen Straße mit enormer Geschwindigkeit und streckte seine Krallen nach dem Verfolgten aus. Da er diesen aber nicht einholen konnte, riß er einen gewaltigen Stein aus der Felswand und schleuderte ihn dem Wilderer nach. Dieser wich dem Stein geschickt aus, rannte über die Winklbachbrücke und warf sich, total erschöpft, vor die Kapelle des heiligen Johannes von Nepomuk, die sich neben der Brücke befand. Seine fiebernden Hände krallte er um die Stäbe des Eisengitters und stammelte einige Stoßgebete.

Der Teufel durfte nicht an der Kapelle vorbei und mußte die Verfolgung aufgeben. Er sprang über die Brücke in den Bach. Mit einem donnernden Getöse riß er den Felsen entzwei und verschwand in seinem Höllenreich.

Der Name „Teufelsbrücke" erinnert noch heute an jenes grausige Geschehen und warnt zugleich jeden Wilderer, der sein Glück in dieser Gegend versuchen will, vor den Konsequenzen.

Die steinerne Teufelsbrücke wurde 1978 durch eine moderne Stahlbetonbrücke ersetzt. Daneben ließ man aber die sagenhafte steinerne Teufelsbrücke bestehen, damit man von ihr aus noch immer einen staunenden Blick in die dunkle, unheimlich tiefe Schlucht tun kann.

Ein Räuberhauptmann in Nordbayern

Wie sehr Kirche und Glauben für die Wilderer von Bedeutung waren, zeigt die nächste Geschichte von Franz Troglauer, einem Räuberhauptmann und Wilderer in Nordbayern.

Geboren am 8. Juli 1754 in der Marktgemeinde Mantel in der bayerischen Oberpfalz, soll Troglauer schon in frühester Jugend als Dieb und Räuber sein Unwesen getrieben haben. Wegen verschiedener Vergehen saß der Bayer mehrmals im Amberger Zuchthaus ein, das erste Mal im Jahr 1786. Er schloß sich mit einigen Brüdern und Schwestern der „Großen Fränkischen Diebes- und Räuberbande" an. Unter diesen über 180 Raubgesellen brachte es Franz Troglauer rasch zum Rädelsführer. Bei einem Diebstahl in Bamberg entwendete die Bande Beute im Wert von 12.000 Gulden – unter anderem den Bischofsstab des Weihbischofs. Die Reliquie ließ sich zwar schwer verkaufen, für die Räuberbande aber bedeutete sie eine Art von religiösem Schutz.

Als die Raubgesellen schließlich 1798 aufflogen und viele Bandenmitglieder verhaftet wurden, konnte Troglauer quer durch Bayern flüchten. In Regensburg wurde er schließlich verhaftet, konnte jedoch wieder fliehen. Auch in Straubing entging er kurze Zeit später nur knapp seiner Verhaftung. Schließlich scharte er einige ehemalige Kumpane um sich und gründete eine kleine Räuberbande.

Von 1799 bis Dezember 1800 trieb Franz Troglauer mit seiner Bande in ganz Oberpfalz und Franken sein Unwesen. Er wurde öffentlich gesucht und hatte nicht mehr viel zu verlieren. Aus Rache für frühere Verhaftungen plante er, den Landrichter Georg von Grafenstein auf Parkstein ermorden zu lassen. Die Regierung in Amberg setzte schließlich 100 Gulden Belohnung für denjenigen aus, der Franz Troglauer gefangennehmen würde.

Im Dezember 1800 gelang es dann einem Gerichtsdiener in Freistadt, ihn festzunehmen. Franz Troglauer wurde der Prozeß gemacht. Am 6. Mai fand der Räuberhauptmann sein unrühmliches Ende, er wurde in Amberg am Galgen hingerichtet.

Etwa zur gleichen Zeit trieb auch eine Tiroler Wildererbande ihr Unwesen, und auch hier spielten kirchliche Würdenträger eine große Rolle.

Der Ehrwalder Wildererzug

Dort, wo heute das von König Ludwig II. in Auftrag gegebene Schloß Linderhof (Bayern) steht, trafen sich am 26. Januar 1797 abends neun Wilderergesellen, um Nachtquartier zu nehmen. Sie wollten auch ihre Beute, die sie im Werdenfelser Land und vor allem im ettalischen Forst gemacht hatten, aufteilen. Auf dem landwirtschaftlichen Anwesen Linderhof, dem letzten des oberen Ammertales zur Tiroler Grenze hin, fühlten sich die verwegenen Wilderer sicher.

Wie das Kloster von ihrem Aufenthalt erfuhr, ist nicht mehr nachvollziehbar. Am frühen Morgen des nächsten Tages stürmten fünf Klosterjäger, fünf kurfürstliche Reiter und zwei Klosterdiener gegen 6 Uhr früh plötzlich den Hof. Die völlig überraschten Tiroler wurden unter Waffengewalt ins Freie gebracht und in einem großen Handgemenge überwältigt. Dreien von ihnen gelang die Flucht, einer der Wilderer, Andreas Gruen, wurde beim Weglaufen erschossen. Die anderen Fünf brachte man gefesselt zum Arzt ins Kloster und anschließend nach Murnau ins Gefängnis.

Die drei entkommenen Wildschützen waren mittlerweile nach Tirol zurückgekehrt und berichteten von ihrem mißlungenen Beutezug im Bayerischen sowie vom Tod ihres Komplizen. Dies versetzte die Tiroler in Wut gegen das Kloster Ettal, man einigte sich auf einen kriegsmäßigen Gegenschlag.

Am 29. Januar um 1 Uhr versammelten sich auf das vereinbarte Zeichen von sieben Böllerschüssen hin an die 200 Außerferner Schützen beim Ehrwalder Zöllner Alois Frugger, um gegen Ettal und Murnau auszurücken. Laut Bericht des Kreisamtes Imst war das Ziel des „Ehrwalder Feldzuges“ das Kloster Ettal. Man wollte den Prälaten des Klosters dazu zwingen, die fünf gefangenen Schützen herauszugeben. Täte er dies nicht, wollten die Tiroler einstweilen fünf Geistliche als Geiseln mitnehmen.

Über Griesen und Garmisch (Werdenfels) waren die Tiroler bis nach Farchant marschiert und schlugen dort ihr Lager auf, um hier das Ergebnis der Verhandlungen in Ettal abzuwarten, zu denen der Ehrwalder Kurat vorausgereist war.

Nach einer zweistündigen Unterredung hatte der Kurat Josef Dorfner um 23 Uhr endlich die Anweisung des Ettaler Abtes Alfons Hafner für den ettalischen Pfleger zu Murnau in Händen, wonach die Gefangenen freizulassen seien. Um 1 Uhr nachts klopfte der Kurat den

Pfleger im murnauischen Schloß aus dem Bett. Erst nach langen Verhandlungen war dieser bereit, die Gefangenen freizulassen. Am 30. Januar gegen 17 Uhr zogen die Entlassenen zusammen mit den in Farchant Wartenden in Ehrwald ein. Die Freude bei den Wildschützen über die gelungene Freilassung war riesengroß. Genauso groß war aber auch der Ärger des Ettaler Abtes Alfons Hafner über die Werdenfelser, weil sie die Bande ungehindert durchziehen ließen.

Wilderer und Frauen

Im Leben der Wildschützen spielten sie natürlich eine Rolle, aber Frauen, die selbst als Wilderer unterwegs waren, sind kaum bekannt. Zwar gibt es Ausnahmen: Anfang der neunziger Jahre war eine junge Vorarlbergerin illegal jagen und wurde dann einmal auf unerlaubter Pirsch erwischt. Auch im Salzkammergut hat eine Frau gewildert – die Aschinger Nandl aus St. Wolfgang.

Wie groß die erotische Wirkung männlicher Wildschützen auf die Damenwelt war, geht aus vielen Liedern und Versen aus vergangener Zeit hervor. Da heißt es etwa:

Was hat denn a Wildschütz?
A Wildschütz hat nix
Wia a schwarzaugats Dirndl
Und an Aschraubabüchs.

Eine große Rolle im Leben der Wilderer spielten die Sennerinnen hoch oben auf den Almen. Auch das Schicksal des berühmtesten bayerischen Wildschützen Georg Jennerwein (1848 – 1877) ist eng mit dem einer Sennerin verbunden. Zwei Männer, Jennerwein und der Jäger Pföderl, liebten dieselbe Frau, die Sennerin Agnes, genannt Agerl. Der umtriebige Holzfäller und Wilderer sorgte für die Sennerin, die ihm eine Tochter, Roserl, schenkte. Das uneheliche Kind sah Jennerwein aber nicht mehr aufwachsen.

Was mit kleinen Sticheleien begann und in immer größere Demütigungen ausartete, endete schließlich in einer Tragödie. Pföderl erschoß Girgl Jennerwein hinterrücks. Er hatte sich damit zwar seines lästigen Widersachers entledigt, machte ihn dadurch aber zum unsterblichen Mythos.

Der Wildschütz ganz privat: Georg Jennerwein, die Sennerin Agnes, genannt Agerl, und das gemeinsame Töchterchen Roserl.

Aber auch weniger bekannte Wilderer hatten Glück bei den Frauen. Ihnen haftete der Ruf des Verwegenen an. Sie galten als mutig, Burschen, die Wind und Wetter, vor allem aber der Obrigkeit trotzten. Für sie war die Verbindung zur Sennerin ideal. Die Frauen auf der Alm waren nicht nur Verbündete, die Almhütte diente gleichzeitig quasi als Stützpunkt für den Wilderer. Hier konnte er ausruhen und sich zur Not vor dem Jäger verstecken. Außerdem sorgte die Sennerin für sein leibliches Wohl – hier bekam er eine warme Mahlzeit –, und auch sonst kam der Wilderer meist nicht zu kurz. Sie hatten beide Abwechslung und Vergnügen, und der Wildschütz hatte die Gewißheit, in der Sennerin eine verläßliche Mitwisserin zu haben.

Er konnte seine Beute, seine Büchse und sich selbst auf der Alm verstecken und versorgte gleichzeitig die Schwoagrin (= Sennerin) mit frischem Fleisch. Traditionelle Lieder, wie das folgende, sagen viel über die Beziehung zwischen Wilderer und Sennerin aus.

Und's Gams im Gebirg

Und's Gams im Gebirg
hot si langs eini draaht,
hot si langs eini draaht,
hot si langs eini draaht.
Bei meim Diandl de Liab
schlagt wia's Uhrwerk so staad,
schlagt wia's Uhrwerk so staad,
bei da Nacht.

Und's Gams im Gebirg
hot scho abapfiffn,
hot scho abapfiffn,
hot scho abapfiffn.
Wanns a Bleikügerl habts,
duats ma's auffaschickn,
duats ma's auffaschickn,
bei da Nacht!

Und's Gams im Gebirg
hot an Bart, an gspitztn,
hot an Bart, an gspitztn,
hot an Bart, an gspitztn.
Und de lustigstn Buam
san de Wildpratschützn,
san de Wildpratschützn
bei da Nacht.

Und's Gams im Gebirg
hot an Arsch, an weissn,
hot an Arsch, an weissn,
hot an Arsch, an weissn.
Wia d'Madln am Samstag,
wanns as Gwand wegschmeissn,
wanns as Gwand wegschmeissn,
bei da Nacht.

Und's Gams im Gebirg
duat an Schuss net scheuchn,
duat an Schuss net scheuchn,
duat an Schuss net scheuchn.
Und mei Diandl im Bett
duat aa nix dergleichn,
duat aa nix dergleichn,
bei da Nacht.

Die guten Beziehungen zwischen Sennerinnen und Wilddieben blieben natürlich auch den Jägern und Gendarmen nicht verborgen. So wurden bei der Jagd auf Wilderer die Almhütten der betreffenden Gegend besonders genau kontrolliert. Sennerinnen galten gleich einmal als verdächtig, die abenteuerlustigen Gesetzesbrecher bei ihrem illegalen Treiben zu unterstützen. Kein Wunder, daß die Sennerin normalerweise auf der Seite des Wildschützen stand und daß der tapfere Bursche ihr Wohlwollen genoß.

Hie und da konnte es schon vorkommen, daß die fesche Sennerin sich tatsächlich mehr zum Jäger hingezogen fühlte oder sogar sowohl mit einem Wilderer als auch mit einem Jäger ihr Lager teilte. Ein Wildererlied, erstmals 1912 veröffentlicht, handelt von diesem „flotten Dreier" und erzählt, wie sich der Wildschütz für die Schmach rächen wollte.

Hab di scho dasehgn

Hab die scho dasehgn, bist im Kammerl glegn,
bei der Meinigen und hast di gfreit.
Wird de Zeit scho kemma, wo ma Zwiesprach nehma,
wo da d'Knia so schnaggln, dass' di reut.

Geh nur deine Wegerl! Geh zu deine Stegerl!
Aus de Augn, Jaga, kimmst ma net!
Heit wird's Kügerl gossn, morgn wird's Jagerl gschossn,
steigt an andrer nei zu ihr ins Bett.

Mach fei Reu und Leid, eh 's die abikeit,
wanns zur Fruahmess läutn, na ghörst mei.
I wer' aa hi'kemma, wer' mei Kügerl nehma,
tauch 's in Weihbrunn nei und es ghört dei.

Und beim Zwölfeläutn siehgst mi vo da Weitn,
Jaga, fürchst di net alloa im Woid?
Jaga, hast dein Stutzn, Jaga, möchst mi putzn,
Jaga, woasst as woi, wia 's Stutzerl knoit!

Werds di ummareissn, werds di zammaschmeissn,
Pfüat di God, ade, du scheene Woit!
I werd ma nix draus macha, werd auf deiner lacha,
weil am Kammerfensterl oana foiht.

Das überlieferte Liedgut zeigt, daß Jäger und Wilderer oft nicht nur waidmännische Rivalen, sondern auch Gegner in Herzensangelegenheiten waren. Daran hat sich ja bis heute nicht viel geändert – wobei diese Form der Rivalität nicht nur auf Jäger und Wilderer beschränkt ist.

Unsterbliche Helden

Die Romantisierung der Wilderer ging über viele Jahrhunderte. Nicht nur in den ärmlichen, bäuerlichen Kreisen, auch im Bürgertum wurden die Wildschützen ähnlich verehrt wie die Figur Robin Hoods in England. Da war auf der einen Seite die „böse" Obrigkeit, die auf ihr aristokratisches Jagdrecht pochte und uraltes Volksrecht verwehrte, auf der anderen junge Männer, die sich das Recht, das man ihnen genommen hatte, wieder zurückholten. Außerdem galt das Wildern als Beweis für Mut und Tapferkeit und machte aus den jungen Burschen eines Dorfes erst richtige Männer. Selbst heute noch gilt in vielen ländlichen Gegenden Österreichs und auch im bayerischen Raum ein Bursch erst als Mann, wenn er zumindest einmal gewildert hat. (Das erleichtert dann auch die Jagd nach „Zopf- und Stöckelwild" – gemeint sind junge Mädchen –, wie uns ein Tiroler Jäger verriet.) Ohne Zweifel besaßen Wilderer ein gewisses Prestige in weiten Teilen der Bevölkerung. Über das Ansehen der Wildschützen gibt es auch genügend Belege in Form von altem Liedgut, Literatur und Filmen – hier wird der Wilderer oft idealisiert als mutiger Mann, der zeigt, wie man sich gegen die wohlhabenden Jagdherren zur Wehr setzt.

Wildererverehrung in Volksliedern, Erzählungen und im Film

I bin der Fürst der Wälder
Und koana is mia gleich.
Soweit da Himmi blau is,
soweit geht aa mei Reich.

Geradezu heldenhaft wurden die Wilddiebe der vergangenen Jahrhunderte im volkstümlichen Liedgut dargestellt. Vor allem die an einigen Wilderern begangenen Meuchelmorde schürten den Zorn der Menschen auf die „feigen" Jäger und führten dazu, die Verbrecher – denn das waren die Wilddiebe ja im Sinne des Gesetzes – in verklärtem Licht zu sehen. Großen Teilen der Bevölkerung des Alpenraumes galten die jungen Rebellen damals als Symbol für die Freiheit. Und selbst heute noch werden bekannte Wilderer als Volkshelden gesehen, die nichts an Popularität eingebüßt haben. Kaum ein Bayer etwa, der nicht das Lied vom Wildschütz Jennerwein oder die Geschichte vom „Boarischen Hiasl" kennt. Treue Verehrer pilgern jährlich zum Todestag zu den Grabstätten der mythenumrankten Schützen, um ihrer zu gedenken. So wird unter anderem berichtet, daß sich jedes Jahr am 6. November – dem Todestag des Georg Jennerwein – im Gesicht geschwärzte Burschen an seinem Grab treffen und das Jennerwein-Lied singen:

Der Wildschütz Jennerwein

Es war ein Schütz in seinen schönsten Jahren.
Er wurde weggeputzt von dieser Erd.
Man fand ihn erst am neunten Tage,
bei Tegernsee, am Peissenberg.

Auf hartem Fels hat er sein Blut vergossen,
und auf dem Bauche liegend fand man ihn.
Von hinten war er angeschossen,
zersplittert war sein Unterkinn.

Es war schrecklich anzusehen,
als man ihm das Hemd zog aus,
da dachte jeder bei sich selber:
Jaga, bleib mitn Selbstmord z'haus!

Du feiger Jaga, das ist eine Schande!
Und bringt dir gwiss kein Ehrenkreuz:
Er fiel gar nicht im offnen Kampfe,
der Schuss von hinten her beweist's!

Das Grabkreuz des bayerischen Volkshelden Georg Jennerwein in Schliersee ist auch heute noch Anziehungspunkt für viele Touristen und Verehrer des unsterblichen Wildschützen.

Von der Höh ging's langsam runter,
denn der Weg war schlecht und weit,
Ein Jäger hat es gleich erfunden,
dass er sich hat selbst entleibt.

Man bracht ihn dann noch auf den Wagen,
bei finsterer Nacht ging es noch fort,
begleitet von seinen Kameraden
nach Schliersee, seinem Lieblingsort.

Dort ruht er sanft im Grabe wie ein jeder,
und wartet stille auf den jüngsten Tag.
Dann zeigt uns Jennerwein den Jäger,
der ihn von hint' erschossen hat.

Und zum Gericht am grossen jüngsten Tage,
putzt jeder's Gwissen und auch das Gewehr;
marschieren d'Jaga samt de Förster,
auf's Gamsgebirg zum Luzifer.

Und nun zum Schluss Dank noch den Veteranen,
die ihm den Trauermarsch so schön gespielt!
Ihr Jaga, lasst euch nun ermahnen,
dass keiner mehr von hinten zielt.

Denn auf den Bergen, ja dort wohnt die Freiheit,
ja auf den Bergen ist es gar so schön,
allwo auf grauenvolle Weise
der Jennerwein zugrund musst gehen.

Das Schicksal des Georg „Girgl“ Jennerwein

Wer war dieser Wildschütz Jennerwein, daß selbst 127 Jahre nach seinem Tod das Interesse an seiner Person ungebrochen ist. Der berühmteste bayerische Wildschütz, für die einen ein Held, für die anderen ein Hallodri. 1848 geboren und aufgewachsen in Großhartpenning, als uneheliches Kind der Bauerntochter Maria Jennerwein, war der kräftige Bursche als Holzknecht tätig. Er war ein leutseliger Mensch – wo aufgespielt wurde, war er dabei. Wo's was zu raufen gab, ebenso. Nur bei der Arbeit war er weniger präsent. Unter der Woche saß er lieber im Wirtshaus und spielte auf der Zither. Ein bisserl ein Aufschneider war er auch und gar nicht besonders beliebt unter den Mannsbildern der Region. Ganz anders stand ihm die holde Weiblichkeit gegenüber, da hatte der fesche Bursche leichtes Spiel. „Da Jennerwein is koa Nacht allein“, hieß es in seiner Heimat am Schliersee. Aber er jagte nicht nur den Kitteln der Mädchen hinterher, auch das Wild in den Bergen hatte es ihm angetan. Durch seinen Beruf kannte er den Wald und die Gewohnheiten des Wildes, er war also geradezu prädestiniert zum Wildern. Der Jennerwein schoß allein. Die Beute verkaufte er an Wirte, um sich sein schmales Salär als Holzarbeiter aufzubessern.

Wie sich aus den Protokollen des ehemaligen Forstamtes Tegernsee aus der damaligen Zeit ersehen läßt, war der Wilde Westen eine friedliche Gegend im Vergleich zu den Zuständen in den Schlierseer, Tegernseer und Kreuther Revieren. Ganze Banden von Wildschützen machten den Revierjägern das Leben schwer. Nicht nur einheimische Wilderer, auch Wildschützen aus Tirol und dem Isartal trieben hier ihr Unwesen. Oft traten sie in Banden von bis zu 10 oder 15 Mann offen gegen die Jagdgehilfen an, die bloß zu zweit oder zu dritt ein Revier bewachten und keine Chance gegen die Übermacht hatten. Der damals gängige Spruch – „Der G'schwinder blieb der G'sünder“ bewahrheitete sich des öfteren. Geschossen wurde von beiden Seiten meist ohne Anruf, und so entschied die erste Kugel aus dem Vorderlader (zu dieser Zeit die gebräuchliche Waffe). Aus den Aufzeichnungen des Tegernseer Forstamtes geht hervor, wie brutal Jäger und Wilderer einander begegneten. Überliefert ist etwa ein anonymes Schreiben an zwei Schlierseer Jäger mit folgendem Inhalt: „Wenn ihr a Schneid habts, so kimmts am Sonntag bei da Nacht auf den Kreuzberg, dann

Die Schützenscheibe mit der Aufschrift „Jennerwein's Ende" entspricht nicht ganz den tatsächlichen Begebenheiten. Bemerkenswert die falsche Jahreszahl 1878. Jennerwein wurde nämlich am 6. November 1877 vom Jagdgehilfen Johann Pföderl erschossen.

sollt ihr euren Lohn empfangen. Ihr werdets zwischen zwei Bäume gehenkt und mit einem Messer am ganzen Leib gestupft, und so müsst ihr hin werden, ihr Bluatsmenschen!" Nicht überliefert ist hingegen, ob die beiden der Aufforderung zur eigenen Hinrichtung nachgekommen sind.

Mit großem Haß verfolgte auch der Jagdgehilfe Johann Pföderl den Wildschützen Jennerwein. Zum einem war es Eifersucht, denn beide Männer begehrten die schöne Sennerin Agnes, genannt Agerl. Obwohl sie schon Pföderl versprochen war, ließ sie sich mit dem Wilderer Jennerwein ein und gebar ihm ein uneheliches Kind, seine Tochter Roserl. Allein dafür schwor der Jagdgehilfe Rache. Aber es gab noch einen anderen Grund, die provokante Art Jennerweins, mit der er Pföderl immer wieder demütigte. Etwa, als er im Frühjahr 1877 auf dem Holzhackerball Pföderl vor der Festversammlung öffentlich bloßstellte. Georg Jennerwein ging auf den Jagdgehilfen zu, strich ihm mit seinem prächtigen Gamsbart übers Gesicht und sprach: „Siehgst Pföderl, söllers Kraut wachst in dein Garten, aber brocka tua's i!"

So kam es zu der verhängnisvollen Begegnung der beiden Männer am 6. November 1877 und zum tödlichen Schuß, der den Wildschützen Jennerwein zum Mythos und damit unsterblich machte.

Jennerwein dürfte an diesem Tag schon sehr früh in das zerklüftete Gelände südöstlich des Tegernsees eingestiegen sein, dort wollte er Gemsen jagen. Zur gleichen Zeit war Johann Pföderl in dieser Gegend unterwegs, um für einen Jagdgast einen Gamsbock auszuwählen. Unerwartet dürften sich die beiden verfeindeten Männer begegnet sein. Um dreiviertel zehn Uhr hörten Bauern einen Schuß, kurz vor ein Uhr waren noch einmal zwei Schüsse zu hören. Erst sieben Tage später, am 13. November, fanden Schlierseer Burschen den erschossenen Jennerwein. Die verstümmelte Leiche bot einen entsetzlichen Anblick. Der rechte Fuß war unbekleidet, Schuh und Strümpfe lagen neben der Leiche. Die große Zehe war in den Abzugsbügel des Gewehrs geklemmt, dessen Lauf auf das Kinn gerichtet war. Sein Unterkiefer war zerschmettert, der ganze Schädel schrecklich verstümmelt. Alles deutete auf einen Selbstmord des 29jährigen Burschen hin. Erst als die Männer die Schußwunde im Rücken entdeckten, war klar, daß Jennerwein feige ermordet worden war und das Szenario einzig dazu diente, alles zu vertuschen. Die aufgebrachte Bevölkerung forderte eine harte Bestrafung des Jagdgehilfen und Mörders Pföderl, der sich für die schändliche Tat vor dem königlichen Schwurgericht von Oberbayern verantworten mußte.

Die milde Bestrafung – acht Monate Gefängnis wegen des Vergehens der Körperverletzung – brachte die Menschen der Gegend nur noch mehr auf. Pföderl wurde seines Lebens nicht mehr froh. Er wurde zwar zu seiner eigenen Sicherheit versetzt, begann aber zu trinken und vereinsamte immer mehr. Er starb einige Jahre später im Tegernseer Krankenhaus während eines Gewitters. Den Erzählungen nach sollen ihn gräßliche Wahnvorstellungen im Moment seines Todes gequält haben. Als ein Blitz einschlug, habe er geschrien, daß ihn jetzt, wegen des Mordes an Girgl Jennerwein, der Teufel hole, und er sank tot ihn sein Kissen zurück.

Während das Schicksal des Jagdgehilfen Pföderl kaum noch jemanden interessiert, ist das Leben und Sterben des Georg Jennerwein nach wie vor Gegenstand unzähliger Geschichten, Theaterstücke und Filme. Jüngstes Beispiel ist eine Co-Produktion des ORF mit dem Bayerischen Rundfunk. Das Alpendrama mit dem Titel „Jennerwein" wurde unter der Regie Hans-Günther Bückings verfilmt. Dem Regisseur geht es darin nicht um altbayerische Brauchtumsverklärung, sondern um ein scharfumrissenes Bild der damaligen Zeit. Armut, Hunger, soziale Mißstände und die Ausbeutung der kleinen Bauern sollen verständlich machen, warum das Wildern so verbreitet war.

Die Rolle des Georg Jennerwein verkörpert der österreichische Schauspieler Fritz Karl (36), der in Traunkirchen, nahe Gmunden, am Traunsee geboren wurde, einer Gegend, in der ebenfalls viel gewildert wurde und noch immer wird. Schon im Vorfeld gab es große Aufregung und Proteste, daß ausgerechnet ein Österreicher die Rolle des bayrischen Originals und Volksheldens Georg Jennerwein spielen sollte. Noch dazu wurde ein Großteil des Filmes nicht an den Originalschauplätzen, sondern in Österreich, unter anderem im Salzburger Rauris, gedreht.

Wir trafen den erfolgreichen Schauspieler – bekannt aus „Julia", „Kommissar Rex", „Der Bestseller" und Fernsehfilmen wie „Tauerngold" oder „Schneemann sucht Schneefrau", um nur einige zu nennen – im traditionsreichen Wiener Café Eiles.

Im Gespräch mit Fritz Karl

Herr Karl, im Vorfeld der Jennerwein-Verfilmung gab es ja in Bayern einige Aufregung darüber, daß ein Österreicher die Rolle des berühmtesten bayerischen Wildschützen verkörpern sollte. Hatten Sie damit Probleme?

Fritz Karl: Es begann knapp 2–3 Wochen nach Drehbeginn. Einige Deutsche, vor allem die Blumenkisterl- und Trachtenvereinsfraktion, fühlten sich anscheinend auf den Schlips

Interview mit dem erfolgreichen Schauspieler Fritz Karl im traditionsreichen Wiener Künstlercafé Eiles.

getreten, weil da Österreicher in einer Geschichte über den bayerischen Volkshelden mitspielten. Dabei wurden große Bayern im Film immer von Österreichern dargestellt, und Jennerwein hatte ja schließlich einen Tiroler Vater. Es war eine klassische Neidgeschichte, die sogar Drohanrufe beinhaltete.

Was hat Sie an dieser Rolle besonders gereizt?

Da war diese Verherrlichung der Ikone Jennerwein, und ich dachte mir, so kann es ja nicht gewesen sein. Wie haben die Menschen damals gelebt, wie war die soziale Situation? Das hat mich wirklich interessiert, nicht das durch Folklore verfälschte Bild dieser Zeit.

Anders als in den geläufigen Geschichten über Georg Jennerwein, stellt Regisseur Hans Günther Bücking Pföderl und Jennerwein als beste Freunde dar, die erst im Laufe der Geschichte zu erbitterten Feinden werden. Wie weit hat sich der Regisseur da an die tatsächliche Lebensgeschichte Jennerweins gehalten?

Es gab zwischen den beiden sicher Verbindungen, schließlich kamen sie aus dem gleichen Ort und waren gemeinsam im Krieg. Aber natürlich wird manches auch aus dramaturgischen Gründen manchmal etwas abgeändert. Bücking hat es verstanden, die damalige Zeit in ihrer ganzen Kargheit zu zeigen. Angesichts der herrlichen, grünen Landschaft war es gar nicht so einfach, nicht einen dieser typischen kitschigen Heimatfilme zu produzieren.

Wie genau haben Sie sich mit dem Leben Jennerweins auseinandergesetzt?

Es war mir am Anfang gar nicht so bewußt, daß Jennerwein ein derartiger Mythos ist. Im Zuge der Vorbereitungen bin ich erst richtig draufgekommen. Biographien bringen mir als Schauspieler nicht wirklich etwas. Mir war es wichtig zu erfahren, wie war das alltägliche Leben damals, nur aus diesem Kontext kann man das alles verstehen. Dann weiß man auch, daß Jennerweins Schicksal eines von vielen war, mit dem Unterschied seines frühen gewaltsamen Todes wahrscheinlich.

Ein Großteil des Filmes spielt im Winter, wie hart waren die Bedingungen für Ihre Kollegen und Sie?

Wir haben im November und Dezember gedreht, in Rauris auf 2000 Meter Höhe. Am Anfang hatte es – 20 °, das Drehen war wahnsinnig anstrengend. Ich habe in den ersten Wochen insgesamt 7 Kilo abgenommen. Das Schlimmste waren aber die Szenen, die wir in der Isar drehten. Das Wasser hatte nur + 3 °, und trotz Naß-Neopren-Anzug hatte ich zu Beginn das Gefühl, mir bleibt die Luft weg. Ich wäre auch beinahe abgesoffen, wenn mich nicht ein Kollege rausgezogen hätte.

Im Film wird Jennerwein einerseits als Schürzenjäger dargestellt, andererseits als Mann, den es immer wieder zu seiner großen Liebe, der Sennerin Agerl, hinzieht. Ein Widerspruch?

Ich glaube, daß die ganzen Geschichten um seine angeblichen Liebschaften viel mit der Legendenbildung um den Girgl Jennerwein zu tun haben. Man muß sich vorstellen, daß diese Art von Körperkontakt in dieser kargen Zeit oft die einzige Möglichkeit war, zu Wärme und Zärtlichkeit zu kommen. Selbst wenn Jennerwein die ihm nachgesagten Frauengeschichten hatte, war die Sennerin Agerl seine Heimat.

Jennerwein als Kämpfer für Gerechtigkeit, der Wind und Wetter trotzt und sich offen gegen die Obrigkeit stellt. Auf der anderen Seite ein weichherziger Mann, der sich zweier verwaister Kinder annimmt, der seine Mutter und Agerl mit allem versorgt. Welcher Teil seiner Persönlichkeit hat Sie mehr fasziniert?

Das kann ich so nicht beantworten. Ich wollte einfach einen Menschen zeigen. Jeder Mensch hat doch mehrere Seiten, niemand ist nur gut oder nur böse.

Sie kommen ursprünglich aus der Nähe von Gmunden, einer Gegend, in der nach wie vor viel gewildert wird. Haben Sie jemals mit echten Wilderern zu tun gehabt?

Ich weiß schon, wer in meiner Heimat wildern geht, aber persönlich zu tun habe ich nicht mit Wilderern. Ich selbst habe nie gewildert, aber früher war ich schon manchmal schwarz Aale fischen in der Nacht.

Können Sie sich in die Wildschützen der heutigen Zeit rein versetzen?

Eher in die Wilderer vergangener Zeiten. Damals ging es ums nackte Überleben, heute wird auf eine Weise gewildert, die ich nicht nachvollziehen kann, z.B. das Schießen aus dem Auto raus. Ich nehme beim Fliegenfischen ja auch nur so viele Fische mit, wie ich essen kann.

„Jennerwein“ mit Fritz Karl in der Rolle des Wildschützen Georg Jennerwein.

Filmszene aus „Jennerwein“ unter der Regie von Hans-Günther Bücking: Der tote Vater von Georg Jennerwein wird ins Dorf zurückgebracht.

Szene: Jennerwein mit den beiden Waisenkindern, um die er sich besonders annimmt.

Haben die heutigen Wilderer noch etwas gemein mit den „Rebellen der Berge" der vorigen Jahrhunderte?

Sicher nichts mehr. Die Beweggründe heute unterscheiden sich ganz eindeutig von denen vergangener Tage.

Sind Sie auch ein Rebell?

Ich denke, das ist man als Schauspieler sowieso. Wir bewegen uns doch außerhalb des „bürgerlichen Spektrums". Meine Rebellion war, daß ich mit 16 Jahren nach Wien ans Reinhardtseminar gegangen bin. Mit „Erfolg", nach einem Jahr war ich aus disziplinären Gründen draußen. Meine Eltern stellten mir daraufhin ein Ultimatum. Ich hätte ein halbes Jahr Zeit, es zu schaffen, sonst müßte ich nach Hause zurück und im elterlichen Betrieb arbeiten. Es war ein harter Weg, ich hab' mit Ein-Satz-Rollen begonnen.

Über die Mini-Rollen ist Fritz Karl schon lange raus, heute gehört er zu den bekanntesten und meistbeschäftigten Schauspielern im deutschsprachigen Raum.

Der Boarische Hiasl

Über 100 Jahre vor Georg Jennerwein trieb Matthäus Klostermair, besser bekannt als der „Boarische Hiasl", in Bayern und im Schwäbischen sein Unwesen. 1736 in Kissing geboren, begleitete er schon als junger Bursche seinen Vater, der mit Jägern befreundet war, auf die Jagd. Hiasl lernte schießen, und es dauerte nicht lange, da war er der beste Schütze weit und breit. Einige Zeit war er dann als Jagdgehilfe tätig, bevor er auf Grund eines dummen Scherzes, den er sich seinem Dienstherrn gegenüber erlaubte, entlassen wurde. Er arbeitete als Knecht für einen Bauern und ging daneben wildern. Als Hiasl als Soldat angeworben werden sollte, ergriff er die Flucht ins Schwäbische. Heimlich kehrte er nach Kissing zurück, doch nur, um sich seinen Stutzen zu holen. Er schloß sich einer Bande an, von der er sich jedoch bald wieder trennte, um selbst eine Gruppe Wildschützen um sich zu scharen. Der Bayrische Hiasl und seine Bande kümmerten sich nicht um das Jagdverbot der feinen Herrschaften, sie forderten offen die Obrigkeit heraus. Bei den Bauern genoß er Sympathie und Unterstützung, weil er den überhöhten Wildbestand dezimierte. Er selbst sah sich nicht als Verbrecher, vielmehr glaubte er sich im Recht, das überzählige Wild zu erlegen, das für die Bauern eine große Plage war. Letztere konnten kaum noch ihre Pachtabgaben entrichten infolge der Schäden, die das Wild auf den Feldern anrichtete. Schloßherren, Jäger und Jagdgehilfen dagegen haßten Hiasl und seine Wildererbande. Sie hielten den Wildbestand absichtlich hoch, damit auf den Hofjagden auch die schlechtesten Schützen ein Tier vor die Flinte bekamen. Die Förster in Schwaben jagten mehr Hiasl und seine Bande als das verbliebene Wild. In den Wirtsstuben begann das Volk sich über die Obrigkeit lustig zu machen, die Jäger und Gendarmen mußten sich spöttische Verse anhören wie etwa diesen: *„Es alle meine Jaga, oans will i enk sagn: Es könnts schiaßn, wias wollts, und es kinnts ma net schadn."*

Einige Jahre lang gelang es Hiasl und seinen Mannen, den Verfolgern immer wieder zu entkommen. Die Bauern gewährten ihnen Unterschlupf, und die Bevölkerung glaubte lange Zeit, daß Hiasl unverwundbar sei. 1771 wurden der „Fürst der Wälder" und seine Bande dann in Oberzell bei Buchloe in einem Wirtshaus gefangengenommen. In einem mörderischen Kampf unterlagen sie einer Übermacht von 300 Soldaten und wurden nach Dillingen ins Gefängnis gebracht.

Matthäus Klostermair alias Boarischer Hiasl trieb im 18. Jahrhundert im Schwäbischen sein Unwesen. Der „Fürst der Wälder" wurde am 6. September 1771 wegen Wilderei zum Tode verurteilt.

Hunderte Verehrer pilgerten nach Dillingen, um den berühmten Wilderer zu sehen. Während des Prozesses, der auf Grund der vielen Zeugen sehr lange dauerte, konnten sich fünf seiner Mitstreiter absetzen. Hiasl und seine zwei verbliebenen Kumpane wurden Anfang September 1771 zum Tode verurteilt. Die Hinrichtung Matthäus Klostermairs erfolgte am 6. September 1771 vor dem Rathaus zu Dillingen und war ein gar grauenvolles Schauspiel. In eine Kuhhaut gewickelt, wurde der Bayrische Hiasl zum Schaffot geschleift und dort erdrosselt. Danach wurde er ans Rad gebunden, alle Knochen wurden ihm gebrochen, bevor man seinen Körper unter dem Schafott in vier Stücke teilte und in verschiedenen Dörfern als abschreckendes Beispiel aufstellte. Die grausame Art seiner Hinrichtung steigerte jedoch erst recht die Beliebtheit des wildernden Rebellen, bis heute lebt die Erinnerung an ihn in zahlreichen Geschichten, Büchern und Liedern weiter.

Wohl eines der berühmtesten Lieder über den „Boarischen Hiasl" entstand schon zu Lebzeiten des Matthäus Klostermair und dürfte das älteste bekannte Hiasl-Lied sein:

Da boarisch Hiasl

I bin da boarisch Hiasl,
koa Jaga hat de Schneid,
der mia mei Feder und Gamsbart
vom Hüatl obakheit!

I bin da boarisch Hiasl,
koa Kugl geht ma ,ei.
Drum fürcht i aa koan Jaga,
und sollts da Teifi sei'!

I bin der Fürst der Wälder
und koana is mia gleich.
Soweit da Himmi blau is,
soweit geht aa mei Reich.

Im Wald drauss is mei Hoamat,
im Wald drauss is a Leben.
Do schiass i Reh' und Hirscherl
und Wuidsäu aa danebn.

Das Wild auf weiter Erdn
Ist freies Eigentum.
Drum lass i mi net hindern,
denn wers net schiasst waar dumm.

Es gibt koa scheenas Leben
wia i führ auf da Welt.
De Bauan gebn ma z'Essen
Und wenn is brauch a Geld.

Drum tua i d' Felder schützn
Mit meine tapfern Leit,
und wo i aa bloss hikim.
Oh mei, da is a Freid!

Und kommt die letzte Stunde
Und schliass i d' Augen zua,
Soldatn, Schergn, Jaga,
erst dann habts enka Ruah.

Do wird si's Wild vermehrn
Und springa kreizwohlauf,
und d'Bauern, de werdn betn:
Geh Hiasl, steh doch auf!

Etwa zur gleichen Zeit, als der Boarische Hiasl am Höhepunkt seiner „Karriere" war, erlebte Karl Stülpner seine Kindheit. Man nannte ihn später den „Robin Hood des Erzgebirges".

Robin Hood des Erzgebirges

Auch heute noch ist der Wilderer Karl Stülpner als „Robin Hood des Erzgebirges" ein Begriff. Sogar ein Planetoid wurde im Jahr 2000 nach ihm benannt.

Karl Stülpner wurde am 30. September 1762 in Scharfenstein (im mittleren Erzgebirge) geboren. Er wuchs in sehr ärmlichen Verhältnissen auf und verlor schon früh seinen Vater. Das bedeutete, daß er sich schon als Kind um seine Familie kümmern und die Rolle des Vaters einnehmen mußte. Aber nicht nur seine Familie war arm, im ganzen Land herrschte eine furchtbare Hungersnot. Schließlich mußten die Stülpners ihr Haus verkaufen. 1772 stand Karl Stülpner in Diensten des Försters Müller in Ehrenfriedersdorf und jagte in den Wäldern um Marienberg. Im Jahr 1778 trat er freiwillig in den Kriegsdienst ein. Später kehrte er in das Haus seiner Mutter zurück, hielt sich mit Gelegenheitsarbeit über Wasser und begann zu wildern. 1780 verpflichtete sich Karl Stülpner in Chemnitz und wurde ein Jahr später zu den Grenadieren nach Zschopau versetzt. Die Offiziere dort wußten von seiner Vorliebe für die Wilderei, und er konnte mit dem Einverständnis seiner Vorgesetzten weiter wildern. Nach einer Schlägerei mit einem Jägerburschen wurde er inhaftiert, es gelang ihm aber die Flucht. Er konnte über die böhmischen Berge fliehen und begab sich auf lange Wanderschaft. Nach einiger Zeit kehrte er in seine Heimat zurück, wo er mittlerweile nicht mehr gesucht wurde. Stülpner wurde Anführer einer Gruppe von Wildschützen und streifte mit ihr durch die Reviere des sächsischen und böhmischen Erzgebirges. Man erzählte sich in der Bevölkerung, wie er gegen Räuber und Diebe einschritt, anmaßende Forstbeamte bestrafte und den Unterdrückten und Hilfesuchenden zur Seite stand. Als er auf Grund dessen wieder das Ziel von Verfolgungen durch die Obrigkeit war, machte er sich erneut auf Wanderschaft. Karl Stülpner nahm 1793 am Interventionskrieg gegen Frankreich teil.

Nach einer Verwundung desertierte er und ging 1794 in seine Heimat zurück. In Scharfenstein führte er erneut das Leben eines Wildschützen. Das Vorgehen gegen die Feinde des Volkes machte ihn zum Volkshelden, gleichzeitig war er aber wieder Verfolgungen ausgesetzt.

Nur durch die Unterstützung seiner vielen Anhänger war es überhaupt möglich, daß Stülpner so viele Jahre als Wildschütz tätig sein konnte. 1800 gab er sein Wildererdasein auf und schloß sich wieder dem Chemnitzer Regiment an. Im Jahr 1813 kehrte er einmal mehr in seine Heimat Scharfenstein zurück, wo er ein sehr ärmliches Leben führte. Mit 74 Jahren wurde Stülpner noch einmal Vater, ein Umstand, der seinen Ruf, ein Frauenfreund zu sein, noch zusätzlich bestätigte. Die letzten zwei Jahre seines Lebens war er krank und halb blind. Der Wilderer Karl Stülpner starb am 24. September 1841 im Alter von 79 Jahren in Scharfenstein. Seine letzte Ruhe fand er auf dem Friedhof von Großolbersdorf.

Stülpner war eine interessante Persönlichkeit, unterschied sich sein Leben doch sehr von jenem seiner Zeitgenossen. Er war ein guter Erzähler, kam viel in der Welt herum. Seine Wege führten ihn nach Ungarn, Frankreich, Berlin und Bayern, in die Schweiz und nach Tirol. Als Wilderer in den böhmischen und sächsischen Wäldern fand er viele Sympathisanten unter der Bevölkerung. Zahlreiche Geschichten berichten von seiner Hilfe für die Unterdrückten und wie er Räubern auf seinen Streifzügen das Handwerk legte. Wahrscheinlich ist manches im Laufe der Jahre hinzugedichtet worden, aber vieles hat sich tatsächlich so zugetragen. Sein Name ist im Erzgebirge noch immer ein Begriff, das zeigt auch die Tatsache, daß im Juni 2000 ein Planetoid, der erstmals im Dezember 1998 von der Sternwarte Drehbach beobachtet wurde, nach ihm benannt wurde.

Ein anderer bekannter Wilderer des deutschen Raumes und schon zu Lebzeiten eine Legende war der

Wildschütz Klostermann

Selten wurde über einen Wilderer so viel spekuliert und sogar fabuliert wie über Hermann Klostermann. Geboren am 28. März 1839 in Retzin (Provinz Brandenburg), verlor der Junge schon früh, im Jahr 1843, seinen Vater, den Müller Johannes Joachim Heinrich Klostermann. Die Mutter übersiedelte mit ihrem Sohn nach Westfalen und heiratete 1844 den Förster Ernst Friedrich Wilhelm Dalchow. Die Familie zog nach Hardehausen in das Forsthaus Mittelwald. Klostermann verlebte eine relativ unbeschwerte Kindheit und hegte schon bald den Wunsch, Förster zu werden – ein Wunsch, der bei seinem Stiefvater nicht gerade auf Gegenliebe stieß. Schon sehr früh zeigte sich das Talent und die Treffsicherheit des jungen Hermann Klostermann. Vielleicht war sein unerfüllter Traum mit ein Grund, weshalb Klostermann später in die Illegalität abrutschte und als Wilderer jagte. Dabei zeigte sich seine scheinbare Überlegenheit gegenüber den Förstern darin, daß er als Meisterschütze, gepaart mit unwahrscheinlicher Beweglichkeit, unangreifbar zu sein schien. Das Verhältnis zu seinem Stiefvater blieb über die Jahre ein sehr angespanntes.

Die Familie lebte in Hardehausen, bis Dalchow auf sein Ansuchen bei der Regierung in Minden am 1. November 1855 die Forstaufseherstelle in Hakenberg in der Oberförsterei Neuenheuse antreten konnte. In der Zeit von 1857 bis 1859 leistete Hermann Klostermann den Militärdienst in Minden ab. Zwischenzeitlich starb am 26. Juli 1858 seine Mutter in Hakenberg. Sie wurde auf dem dortigen Friedhof begraben und hinterließ insgesamt fünf Kinder, zwei Söhne und eine Tochter aus erster Ehe und jeweils einen Sohn und eine Tochter aus der Ehe mit Förster Dalchow. Kaum ein halbes Jahr später heiratete der Stiefvater Klostermanns erneut. Seine neue Frau hieß Friederica Dorothea Regina Gossow und war die Tochter des Försters aus Dahl. Für den jungen Klostermann veränderte sich schlagartig sein ganzes Leben: seine Mutter war in seiner Abwesenheit verstorben, und sein Stiefvater heiratete kurz danach eine andere Frau.

Es ist nicht bekannt, ob Hermann Klostermann nach der Ableistung seines Militärdienstes zum Stiefvater zurückkehrte oder ob er sich zu diesem Zeitpunkt bereits in die nahe gelegenen Wälder abgesetzt hatte. Die Wilderei war zu dieser Zeit keine Seltenheit. So schrieb 1856 der Oberförster Olberg über das Hardehauser Jagdrevier: „Wenn der Wildbestand trotzdem nur als mittelmäßig bezeichnet werden kann, so liegt die Schuld sicherlich nicht an der Behandlung der Jagd, sondern daran, daß das Revier fast ringsherum von hungrig beutesuchenden und nichts verschonenden westfälischen Jagdbesitzern umlagert ist. Teilweise wird es auch von Wilddieben aus Kleinenberg, Westheim und Willebadessen stark heimgesucht."

Für Klostermann war es so wohl ein leichtes, Kontakt mit anderen Gesinnungsgenossen aufzunehmen und in die Wildererszene einzutauchen. Erstmalig erschien 1862 ein Hinweis auf seine Wilderertätigkeit in Form eines Aktenvermerks. Am 14. Juli wurde er beim Wildern ertappt, konnte aber rechtzeitig das Weite suchen. In den Akten wurde aus Hermann fälschlicherweise ein Anton Klostermann.

„Der Anton Klostermann ist der Stiefsohn des Försters Dalchow in der Oberförsterei Hardehausen, woselbst er schon längere Zeit als

Wilddieb verfolgt worden, hat als Soldat in Minden bei der 8. Comp., 15. Linien-Regiment, gestanden, ist dort schon vielfach bestraft, worüber der Kreisfeldwebel zu Warburg wird genügenst Auskunft geben können, und treibt sich schon längere Zeit in den Wäldern umher und lebt von Wilddiebstahl; sein jetziger Aufenthalt ist unbekannt. Der gesuchte Klostermann hat eine Größe von 6–7 Fuß, ist schmächtig, hat eine feine Stimme, einen tänzelnden Gang, längliches Gesicht ohne Bart, hat eine doppelte Bekleidung – Kittel und grauen Rock. Er führt ein Gewehr bei sich, dessen Kolben zum Abschrauben ist und den er gewöhnlich unterm Kittel, dagegen den Gewehrlauf offen trägt."

Nach dieser Anzeige gelang es tatsächlich, Hermann Klostermann im Oktober 1862 festzunehmen. Danach wurde es ruhiger um den Wilddieb, erst 1865 tauchten erneut Meldungen über ihn auf. In einem Schreiben an die Regierung in Minden hieß es am 29. Juli: „... Ferner treibt eine Bande Wilddiebe, an deren Spitze der eben aus dem Zuchthause entlassene Klostermann steht, sein Unwesen in den hiesigen Forsten. Diesen in Banden ausgeführten Wildereien kann aber durch die vorhandenen etatmäßigen Schutzbeamten nicht in genügender Weise entgegengetreten werden."

Zunächst gab es nur gelegentliche Zeitungsberichte über Wilderer, in denen auch hie und da der Name Klostermann vorkam. Das änderte sich nach dem 1. Oktober 1867 schlagartig, als Oberförster von Wrede während eines Patrouillenrittes von einem Wilderer angeschossen und schwer verletzt worden war. Die Regierung in Minden setzte auf die Ergreifung des zunächst unbekannten Täters eine Belohnung von 200 Talern aus. Natürlich geriet auch Hermann Klostermann sofort unter Verdacht. Aber selbst von Wrede, der Klostermann persönlich kannte, war sich anfänglich nicht sicher, daß er von Klostermann angeschossen worden war.

„Außer dem wegen Jagdfrevels schon mehrfach vorbestraften Klostermann gibt es, wie allgemein bekannt, in den Dörfern Wrexen, Westheim, Oesdorf und Willebadessen eine nicht geringe Zahl ähnlicher Subjekte, ebenso gefährlich wie ihr Genosse Klostermann, welche die Wilddieberei ebenso gewerbsmäßig betreiben. Dieselben schrecken in der Mehrzahl vor keinem Verbrechen zurück, sind aber dann ganz besonders gefährlich, wenn sie sich der Gefahr, ergriffen oder erkannt zu werden, ausgesetzt haben. Zum Beweise dessen scheint es nur der Anführung des im abgewichenen Jahre vorgekommenen Falles zu bedürfen, um zu bemerken, daß der Oberförster von Wrede noch heute mit aller Bestimmtheit versichert, nicht von Klostermann, sondern von einem ihm unbekannten Wilderer verwundet worden zu sein. Glaubhaft ist diese Versicherung um so mehr, als der Oberförster diesen Menschen persönlich kennt, letzterer auch bei seiner Vernehmung über diesen Vorfall das Alibi unzweifelhaft bewiesen haben soll."

Am 1. Februar 1868 kommt es zu einem weiteren spektakulären Vorfall: Der Forstläufer Heinemann wird im Rhodener Forst angeschossen. Am 24. Mai desselben Jahres kann Klostermann einer versuchten Festnahme durch das Militär entgehen. Sein Kumpan Lohoff wird dabei erschossen.

In der Nacht vom 13. zum 14. Juni 1868 wird Klostermann in Brilon festgenommen. Bei der Gerichtsverhandlung in Paderborn, vom 12. bis 14. November, wird er zu acht Jahren Zuchthaus verurteilt. 1874 wird Hermann Klostermann nach nur sechs Jahren begnadigt und vorzeitig aus der Haft entlassen.

Aber der Wilddieb kann es einfach nicht lassen. Im Juni 1880 wird er erneut festgenommen, nachdem er im Revier des Rechtsanwaltes Geissel aus Warburg beim Wildern ertappt wurde. Wegen dieser Straftat wird Klostermann zu fünf Jahren Gefängnis und fünf Jahren Ehrverlust verurteilt. Kaum hatte er diese Strafe verbüßt, saß er 1885 erneut in der Arrestzelle in Lichtenau, um eine einwöchige Haftstrafe abzusitzen. Dabei erhielt er interessanten Besuch. Ein staatlicher Forstbeamter sollte dem Wildschützen die Auswanderung nach Amerika schmackhaft machen, dieser lehnte aber auf Grund seines angegriffenen Gesundheitszustandes und der Strapazen der langen Seereise dieses Angebot ab. Ganz und gar geschäftstüchtig plante er stattdessen, durch den Verkauf seines Fotos und eines Buches über seine Jagderlebnisse etwas Geld zu verdienen. Gleich danach wurde der Wilderer noch nach Paderborn gebracht, um hier nochmals eine dreiwöchige Gefängnisstrafe zu verbüßen.

Nach diesem letzten Aktenvermerk lassen sich keine Spuren mehr finden, die über den weiteren Verbleib Klostermanns Auskunft geben könnten. Nach seiner Haftentlassung soll Klostermann angeblich nach Süddeutschland gegangen sein, zuletzt wurde er in Baden gesichtet. Danach war er wie vom Erdboden verschluckt und blieb für immer verschwunden. Trotzdem lebt die Legende Hermann Klostermanns nach wie vor in der Gegend des Eggegebirges und des Sauerlandes weiter.

Auch das 20. Jahrhundert hat seine Wilderer-Ikone hervorgebracht. Sein Schicksal hatte im weitestem Sinne mit Musik zu tun, wenn auch nicht mit volkstümlichen Liedern. Er liebte die Songs von Elvis Presley, und seine auffälligen Bart-Kotletten verliehen ihm eine gewisse Ähnlichkeit mit dem „King". Sein Name: Pius Walder. Für seine Brüder war er Elvis, und durch seinen Tod wurde er der legendärste Wilderer Österreichs.

Elvis forever

Wie sehr die Geschichte des Pius Walder die Menschen heute noch interessiert, zeigt eine Folge aus der Krimi-Serie „Tatort", die 2001 auf dem Mieminger Plateau in Tirol gedreht wurde. Für den Alpenkrimi mit dem Titel „Elvis lebt" diente Autor Felix Mitterer der Fall Walder als Vorlage. Daß der Film erst knapp 20 Jahre nach dem Tod des Wilderers entstand, lag für Mitterer vor allem daran, daß er ein langsamer Mensch sei und es eben so lange gedauert hat, bis er die Geschichte in einem Drehbuch verarbeitet hatte. Damals wie heute sorgte das Schicksal des von Jägern erschossenen Osttiroler „Walder-Buam" Pius für großes Aufsehen. Sein Wildererblut tränkte heilige Tiroler Erde, seine Brüder schworen am offenen Grab Rache, und ein Dorf kommt bis heute nicht zur Ruhe.

Ich wurde am 8. September 1982 in Kalkstein
von zwei Jägern aus der Nachbarschaft kaltblütig
und gezielt beschossen und vom 8. Schuss
tödlich in den Hinterkopf getroffen.

Inschrift am Grabstein von Pius Walder

„Wenn ihr nicht brav seid, kommt der Walder!" Damit drohen Eltern in Osttirol, speziell in Innervillgraten, heute noch ihren Kindern, wenn diese einmal nicht ganz so folgsam sind. Lange Zeit hatten die Walder-Brüder den Ruf, ein gefürchteter Clan zu sein. Dabei waren Hermann Walder und seine Brüder Emil, Pius und Sepp nur äußerst kräftige und sehr arbeitsame Männer. Für ihre Qualitäten als Holzfäller wurden sie bis ins benachbarte Deutschland gerühmt. Auf Grund ihrer Stärke wurden ihnen die wildesten Geschichten angedichtet. Immer wieder hieß es, die Walder-Brüder wären wieder einmal in Schlägereien verwickelt gewesen oder hätten in Wirtshäusern Mobiliar zerschlagen. Über Pius Walder gab es Berichte, wonach er einmal einen Gendarmen mit der bloßen Hand hochgehoben und an einen

AZ Freitag, 10. 9. 1982 CHRONIK

Selbstmord auf Band angekündigt

MÖDLING (AZ). Ein Tonband, auf dem er seinen Selbstmord ankündigte, hatte Adalbert Eckermann (54) aus Wien-Meidling schon einmal das Leben gerettet: Mit einem Messer in der Brust wurde der Lebensmüde im Vorjahr von seiner Lebensgefährtin noch rechtzeitig gefunden. Als Eckermann Anfang dieser Woche erneut seine tödlichen Absichten per Tonband ankündigte, war es für Hilfe bereits zuspät: In Mödling wurde der Mann erschossen aufgefunden.

„Ringautobahn" früher fertig

WIEN (AZ). Aufatmen bei den Autofahrern. Früher als ursprünglich erwartet wird am 29. September die Wiener Außenringautobahn durchgehend befahrbar sein. Im Morgengrauen dieses Tages wird der neue Abschnitt bei Heiligenkreuz mit einer Länge von 7,5 Kilometern seiner Bestimmung übergeben. Dadurch wird es dann möglich sein, von Vösendorf bis zum Knoten Steinhäusl zu gelangen, ohne die Autobahn verlassen zu müssen.

Frauenschreck ist entlarvt

WIEN (AZ). Ein Küchenmesser mit geschliffener Klinge und ein Totschl[…] waren die Waffen, mit denen ein mask[…]ter Räuber Spaziergängerinnen im R[…] der Rieglerhütte in Wien-Penzing Schrecken versetzte. Dienstag konnte die Polizei den beschäftigungsl[…] Ryszard Szkalinski verhaften. Er [...] in den letzten Wochen mehrere [...] Frauen oder Mädchen aufgelauert, mit dem Messer bedroht, teilweise [...] verletzt und Geld gefordert.

Gendarmerie: „Von Notwehr ist da keine Rede"

Jäger „richteten" Wilderer in Busch

SILLIAN (AZ). Um sich endlich eines schon lange Zeit „lästigen" Wilderers zu entledigen, griffen Mittwoch nachmittag zwei Osttiroler Jäger zur Selbstjustiz: Als sie den Mann in einem Gebüsch entdeckten, legten die beiden ihre Gewehre an und begannen wie wild auf den Busch zu schießen — der Wilderer kam im Kugelhagel ums Leben.

Der 30jährige Pius Walder aus Innervillgraten in Osttirol war dem Jägerkameradschaftsverein schon lange ein Dorn im Auge: Mehrmals wegen Wilderns verurteilt, ging der Mann heimlich immer wieder auf die Pirsch.

Mittwoch, gegen 17.30 Uhr, vernahm der Aufsichtsjäger Johann B. Schüsse im Jagdgebiet seines Vereins. Er benachrichtigte seine beiden Kollegen Josef S., 49, und Johann Sch., 42, die sich unverzüglich auf die Suche nach dem Wilderer machten.

Auf einer Waldlichtung sichteten sie schließlich den Gesuchten. Als Walder seine Verfolger erblickte, ergriff er die Flucht, aber Josef S. blieb ihm auf den Fersen. „Wirf's Gewehr weg, oder ich schieße!" rief er dem Flüchtenden zu. Der Wilderer aber verschwand mit einem Sprung hinter einem Gebüsch. Johann Sch. gab seinem Kollegen Deckung, während der Neunundvierzigjährige auf das Gebüsch zuschritt und drei Schüsse abfeuerte.

Da Walder nicht zurückschoß, trat nun auch Sch. vor und begann seinerseits auf den Busch zu schießen. Die Jäger stellten das Feuer erst ein, als sie den Wilderer über eine Böschung stürzen sahen — ihre Kugeln hatten ihn tödlich am Kopf getroffen. Gendarmeriebeamte brachten den Wilderer ins Krankenhaus, aber selbst eine Notoperation konnte dem Mann nicht mehr helfen.

Die beiden Schützen gaben bei der Einvernahme an, sie hätten nur auf die Füße des Wilderers gezielt.

Diebsbeute gab's im Straßenverkauf

WIEN (AZ). Der Straßenhandel mit Getränken florierte bestens: die Kiste Bier um 100 Schilling, das Kracherl um 5 Schilling. Der Haken dabei: alles war gestohlen — vom Lager der Wienerberger Getränkefirma. Helmut Deinbacher (21) aus Gaming (Niederösterreich) und acht Komplicen konnten jetzt auf frischer Tat ertappt werden.

Wienerin im Urlaub Wohnung geplündert

WIEN (AZ). Ein schöner „Empfang": Als die Wienerin Martha A. (32) nach einem Kurzurlaub in ihre Wohnung in der Skodagasse zurückkam, war diese leer. Einbrecher hatten sie zur Gänze ausgeräumt und dabei Mobiliar, Wäsche, Schmuck und Bargeld im Gesamtwert von beinahe 1 Million Schilling erbeutet.

„Patscherte" Einbrecher bei Schläfchen überra[…]

AMSTETTEN (AZ). Für rund 20 Kasseneinbrüche reichte das Glück von zwei Einbrechern, die sich zeitweise recht „patschert" anstellten. Jetzt wurden sie ausgerechnet bei einem Nickerchen vor ihrem Einbruch „gestört".

Nicht schlecht staunten zwei Beamte des Postens Neuhofen, als sie den im Raume Amstetten langgesuchten gelben VW Polo der Kassenschränker, nur schlecht getarnt, auf dem Gelände eines Lagerhauses funden. Darin — selig schlummernd — die gesuchten Einbrecher Gerhard Schmiedler (32, links) und Franz Niederberger (23), beide aus Amstetten. Mit dem „bösen Erwachen" war auch der Traum vom Tresor in der La[…]

Die Pechsträh[…] einen dritten Ko[…]rigen Johann Le[…] Er wurde erwisc[…] unsachgemäßes K[…] — angebrannte [...] tauschen wollte.

Die Einbrecher [...] densumme von [...] angelastet wird, [...] recht „patschert"

Kinder wurden von Kugeln verfehlt:

Schießübungen auf Pensionistin

WIEN (AZ). Weil es ihm zu langweilig war, immer nur auf Scheiben zu schießen, legte Robert

Z.B.: S310.000,- Kredit für Ankauf und Sanierung einer

WETTER: Üb[…] nur im Süden [...] wie entlang [...] kamms noch [...] kungsreste. [...] lichen Richtu[…]

Die Chronikseite der AZ über den Mord an Pius Walder im Jahr 1982.

Der erschossene Wilderer Pius Walder war in seiner Heimat Innervillgraten auch als Elvis bekannt. Grund waren unter anderem die Ähnlichkeit mit dem King of Rock'n Roll und seine imposanten Koteletten.

Garderobehaken an der Wand gehängt haben soll. Oder die Geschichte von Hermann, Pius und der „Ente". Ein Citroen 2 CV war den beiden Brüdern beim Einparken im Weg. Kurzentschlossen hoben sie das Auto auf den Gehsteig, parkten ihr eigenes Auto ein und hoben die „Ente" wieder auf ihren Platz zurück.

All diese Geschichten, ob wahr oder erfunden, trugen dazu bei, daß der Walder-Clan gefürchtet wurde und nicht sehr beliebt war. Vor allem den Jägern waren die Burschen ein Dorn im Auge. Die Jägerschaft verdächtigte Pius schon längere Zeit, Gemsen und Rehe gewildert zu haben. Und es war klar, daß man sich das nicht länger gefallen lassen konnte. Durch ihren Beruf als Holzfäller waren die Walder-Buam allesamt sehr naturverbunden. Zuhause waren sie 12 Geschwister; der Vater, ein kleiner Bauer, war früh verstorben, und so war es für die älteren Brüder selbstverständlich, hie und da wildern zu gehen. „Wir sind immer wildern gegangen, wenn wir Lust auf Fleisch hatten. Früher hat man noch aus Hunger gewildert, heute kann sich ja eh jeder Wildfleisch kaufen", so Hermann Walder. „Wildern ist eines der letzten Abenteuer, aber ich geh' nicht mehr illegal auf Pirsch. Außerdem laufen die Jäger schon Amok, wenn ich nur im Wald spazierengeh'."

Tödliche Schüsse auf Pius

Es war am 8. September 1982, als der Jäger Johann Schett in einem Gasthaus in Innervillgraten, im Ortsteil Kalkstein, einen Anruf erhielt. Am Telefon war Josef Bergmann, Mitpächter des örtlichen Jagdreviers, der sehr aufgeregt klang. „In der Gegend Helleiten sind sechs Schüsse gefallen, da stimmt was nicht." Bergmann forderte Schett auf, im Jagdgebiet des Vereines nach dem Rechten zu sehen. Es war schon später Nachmittag, als sich Johann Schett in den Wald aufmachte. Was dann wirklich geschah, wird wohl für alle Zeiten ein Geheimnis bleiben. Über den Tathergang gibt es verschiedene Versionen. Johann Schett schilderte seine Sicht der Dinge folgendermaßen: Er traf bei einem Stadel auf einen Mann, dessen Gesicht geschwärzt war. Daraus folgerte er, daß es sich nur um einen Wilderer handeln konnte. Außerdem trug der verdächtige Mann auf der rechten Schulter ein Gewehr. Als der vermeintliche Wilderer den Waidmann Schett erblickte, ging er sofort in Deckung und der Jäger trat den Rückzug an. Auf seinem Weg traf Schett auf einen weiteren Aufsichtsjäger, Josef Schaller. Sie gingen gemeinsam zum Stadel zurück und hielten nach dem Wilddieb Ausschau. Da bemerkte Schaller, daß sich im Jungwald etwas bewegte. Er näherte sich der Stelle, Schett gab ihm vom Stadel aus Deckung. Als Schaller hinter einem Hügel verschwand, konnte Schett ihn nicht mehr sehen. Er hörte aber, daß Schaller rief: „Halt, Jagdwache! Bleiben Sie stehen und nehmen Sie das Gewehr ab!" Dann hörte er einen Schuß, den Schaller offensichtlich zur Warnung abgegeben hatte. Der Wilderer lief in den Wald hinein, und Schaller rief ihm mehrmals hinterher: „Halt, stehenbleiben!" Der Wilderer war zwar jetzt außer Sicht für Josef Schaller, aber Johann Schett konnte ganz genau sehen, wohin er gelaufen war. Auch er rief den Flüchtenden mehrmals an, stehenzubleiben, aber ohne Erfolg. Gleichzeitig feuerte Schett dem Mann vier Schüsse nach. Der Wilderer brach, von einem Kopfschuß in den Hinterkopf tödlich getroffen, zusammen.

Johann Schett: Der Jäger, der Pius Walder am 8. September 1982 durch einen Schuß in den Hinterkopf getötet hat.

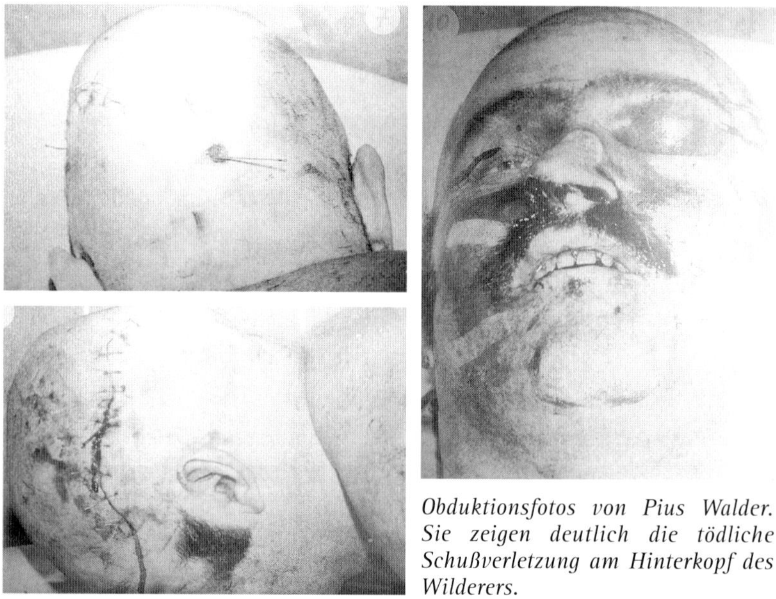

Obduktionsfotos von Pius Walder. Sie zeigen deutlich die tödliche Schußverletzung am Hinterkopf des Wilderers.

Wie sich herausstellte, handelte es sich bei dem Toten um Pius Walder. Was wirklich geschah, wird wohl für alle Zeiten ein Geheimnis bleiben. Für die Familie des Ermordeten war klar, daß Pius hinterrücks auf der Flucht erschossen wurde. Er selbst hatte sein Gewehr nicht auf die Jäger angelegt. Ohne die geringste Chance wurde ihm rücksichtslos von hinten eine Kugel in den Kopf gejagt. Als Pius Walder am 12. September 1982 begraben wurde, war der ganze Ort in Aufruhr. Vier seiner Brüder trugen den Sarg. Am offenen Grab streckten Emil und Hermann Walder ihre Hände zu Fäusten geballt gegen den Himmel und schworen Rache.

Die Fehde

In den Wochen nach dem Begräbnis versuchte die Familie Walder, die Öffentlichkeit auf das Verbrechen, das an Pius begangen worden war, aufmerksam zu machen. Doch die Jägerschaft war mächtiger, selbst der Pfarrer stellte sich gegen den Walder-Clan.

Am 26. 9. 1982 kam es zu einem erneuten Zwischenfall. Es war Sonntag, und in der Pfarrkirche von Kalkstein fand gerade der Gottesdienst, zelebriert von Pfarrer Johann Bergmann, statt. Hermann und Emil Walder besuchten das Grab ihres Bruders Pius, als sie bemerkten,

Die Brüder Hermann, Emil und Sepp tragen den Sarg des ermordeten Pius. Am offenen Grab schwören sie Rache für ihren hinterrücks erschossenen Bruder.

daß irgend jemand das Bild des Toten vom Grab entfernt hatte. Extrem verärgert darüber, gingen die beiden Männer zum Eingang der Kirche. Erbost stellten sie fest, daß man auch den am Eingang befindlichen Partezettel entfernt hatte. Die beiden Brüder stürmten die Kirche, und Hermann schrie die anwesenden Gläubigen und den Pfarrer an. Knapp zwei Wochen später geriet Hermann Walder, nach einer Beerdigung, mit dem Ortspfarrer Alban Ortner aneinander. Er hielt ihm vor, daß der Partezettel seines Bruders einfach entfernt worden sei. Schreiend versetzte er dem Pfarrer zwei derartige Ohrfeigen, daß dessen Brille zu Boden fiel und zerbrach. Als sich der Geistliche nach seiner Brille bückte, trat ihn der rabiate Walder gegen den linken Oberschenkel. Der Pfarrer erlitt leichte Verletzungen.

Das Urteil

Für die Walder-Brüder stand und steht es außer Zweifel, daß ihr Bruder hinterrücks ermordet wurde. Nur so lassen sich die Aktionen Hermann Walders und seiner Brüder erklären. Mögen auch so manche Menschen die Trauer und den Schmerz der Familie Walder verstanden haben, so zog sie sich durch ihre ständigen Versuche, die Bevölkerung von der kaltblütigen Absicht, mit der Johann Schett Pius erschossen

Das Grab von Pius Walder am Friedhof des Osttiroler Ortes Kalkstein.

Die Grabinschrift des Walder-Grabes ist vielen Dorfbewohnern so gar nicht recht. Eine Änderung des Textes würde manches Gemeindemitglied begrüßen.

Hermann Walder kämpft noch immer um Gerechtigkeit für seinen Bruder. Der Mord an seinem Bruder Pius soll niemals in Vergessenheit geraten.

hatte, zu überzeugen, immer mehr Gegner zu. Vor allem jene Ortsbewohner, die zur Gesellschaft der Jäger gehörten, bezogen gegen die Walder-Brüder Stellung. Letztere ihrerseits bezichtigten die „Jäger-Mafia", gezielt gegen ihren Bruder vorgegangen zu sein. Privatklagen von beiden Seiten waren die Folge. Die Walder wurden immer mehr zu Außenseitern, die gesamte Familie spürte die Verachtung, welche ihnen im Ort entgegengebracht wurde. Vernichtend dann für die Brüder das Urteil gegen Johann Schett: im Februar 1983 wurde der Jäger vom Landesgericht Innsbruck wegen Körperverletzung mit tödlichem Ausgang zu drei Jahren Freiheitsstrafe verurteilt.

Trotzdem, oder gerade deswegen gaben die Walder-Brüder nicht auf. Sie konnten einfach nicht verzeihen und vergessen, was man ihrem Bruder Pius angetan hatte. Dieser unermüdliche Einsatz zeigte dann doch endlich Wirkung. Viele Menschen schrieben den Brüdern, daß sie mit deren Meinung, es habe sich um feigen Mord gehandelt, übereinstimmten. Das Grab von Pius wurde zu einer kuriosen Pilgerstätte, die Scharen von Touristen anlockte – ein Umstand, der nicht so ganz im Sinne der Walder-Brüder war. Sie befürchteten, daß das Andenken ihres Bruders so nicht richtig gewürdigt werden könnte.

Weit entfernt von der ewigen Ruhe

Daß selbst 20 Jahre danach noch ein enormes Spannungsverhältnis zwischen der Bevölkerung und den Walder-Brüdern herrscht, zeigt ein Vorfall, der sich im September 2002 zugetragen hat. Am 8. September sollte eine Seelenmesse für Pius gelesen werden, doch der Ortspfarrer weigerte sich. Angeblich störte ihn die Inschrift am Grab von Pius Walder. Diese ist nach wie vor vielen Bewohnern von Innervillgraten ein Dorn im Auge, und so manches Gemeindemitglied würde den Text liebend gern ändern lassen. Ein Ersatzpfarrer mußte her, um die Seelenmesse für den Wilderer zu halten, an der 160 Personen teilnahmen – ein deutliches Zeichen dafür, daß Pius Walder auch nach zwei Jahrzehnten nicht in Vergessenheit geraten ist, daß sein Mythos lebt.

Heute ist scheinbar Ruhe eingekehrt in Innervillgraten. Aber selbst so viele Jahre nach der Tragödie getraut sich keiner Stellung zu beziehen. Im Ort wird ein Mantel des Schweigens über den Fall gebreitet. Niemand mag sich Ärger einholen, weder mit der Jägerschaft noch mit den Walder-Brüdern.

Hermann Walder lebt jetzt in Silian, 10 Kilometer von seiner alten Heimat entfernt. Der ehemals streitbare Vorkämpfer der Familie gibt sich weitaus ruhiger als früher, auch wenn er noch immer in Rage gerät, wenn er auf den Mord an seinem Bruder angesprochen wird. „Der Pius war doch erst 30 Jahre alt, ein geradliniger Holzfäller, überaus naturverbunden." Und man kann verstehen, daß Hermann Walder angesichts der menschlichen Tragödie um seinen Bruder Pius mit Tränen in den Augen sagt: „Ich kann weder vergessen noch verzeihen!"

Die legendäre Wildererschlacht von Molln

Vor allem nach Kriegen war die Not in der Bevölkerung sehr groß. Besonders dann taten sich die Burschen in den Dörfern zu Wildererbanden zusammen und gingen gemeinsam auf die Jagd. So konnten sie sich und andere mit Fleisch versorgen und gegebenenfalls gemeinsam den Jägern entgegentreten. Welche Konsequenzen das haben konnte, zeigen die dramatischen Ereignisse der Wildererschlacht von Molln. Hier kam es zu einem schlimmen Blutvergießen, Jäger und Wilderer mußten ihr Leben lassen.

Die Vorgeschichte

Das eigentliche Drama von Molln hat eine längere Vorgeschichte, die zu kennen aber notwendig ist, um zu verstehen, warum Wilderer und Forstleute des Lambergschen Reviers sich derart verfeindet gegenüberstanden.

Am 17. Oktober 1918, kurz vor Kriegsende, wurde Johann Daxner, ein Förster des Grafen Lamberg, dem das Revier um Molln gehörte, erschossen. Zum Begräbnis des zehnfachen Vaters kamen viele Förster sowie der Mollner Bürgermeister. Des Mordes verdächtig waren zwei Burschen, die sich ihrer Militärpflicht durch Desertion entzogen hatten.

Knapp drei Monate später, am 14. Jänner 1919, wurde der Wilderer Vinzenz Bloderer, Knecht am Stadler-Gut in Ramsau, vom Förster Albert Knieling und dem Forstadjunkten Friedrich Lugner gestellt. Als Bloderer flüchten wollte, schoß Lugner ihm in den Rücken. Der Mann starb an einem Lungen- und Leberdurchschuß.

Die beiden hinterhältigen Morde brachten die Bevölkerung ziemlich in Aufruhr. Was folgte, waren wüste Beschimpfungen und offen ausgesprochene Drohungen zwischen Wilderern und Forstleuten. Die Mollner Wilderer traten mittlerweile größtenteils in Gruppen auf und gebärdeten sich immer dreister. Armut und Unsicherheit nach dem gerade erst zu Ende gegangenem Krieg taten ihr übriges. Österreich war zwar jetzt eine Republik, aber die Großgrundbesitzer benahmen sich den Bauern gegenüber noch immer wie Feudalherren.

Obwohl die oberösterreichische Landesregierung, zur allgemeinen Linderung der Not der Bevölkerung, die Jagdinhaber dazu anhielt, das überschüssige Wild zu schießen, geschah nichts in dieser Richtung. Dadurch sahen sich die Burschen der Gegend um Molln erst recht bestärkt zu wildern. Es wurde nicht nur Wild gestohlen, auch Nutztiere, wie Schweine, Schafe und Ziegen, wurden bei Einbrüchen erbeutet. Aus Angst vor den Wildererbanden versuchten die Jäger, diesen, so gut es ging, aus dem Weg zu gehen. In der Bevölkerung genossen die Schwarzschützen eine gewisse Hochachtung, und es verwundert nicht, daß sie in den Wirtsstuben das große Wort führten. Es wurde Zeit für die Obrigkeit, einzugreifen und das Wildererunwesen einzudämmen. So beschloß die oberösterreichische Landesregierung, einige der Wildschützen festnehmen zu lassen.

Ein verhängnisvoller Irrtum

Am 13. März 1919 erfolgte die Verhaftung von fünf als Wilderer bekannten Burschen. Heinrich Huber, Franz Wieser, Roman Schiffer, August Steiner und Adolf Fedrizzi wurden von Mollner Gendarmen ins Bezirksgericht Grünburg gebracht. Am darauffolgenden Tag sollten die Männer mit dem Zug ins Kreisgericht Steyr überstellt werden.

Am Vormittag des 14. März kam am Postamt Grünburg ein Telegramm an das hiesige Bezirksgericht an. Der Postenkommandant von Molln, ein gewisser Kutzenberger, telegrafierte ursprünglich, daß sich im Zug eine Bande Wilderer befände, deren Ziel es wäre, die gefangenen Wildschützen zu befreien. Das aufgeregte Fräulein vom Amt lief sofort zum Gericht. Dort wurde, aus welchen Gründen auch immer, die Nachricht gründlich mißverstanden. Der Untersuchungsrichter, Dr. Bischofshausen, bat den Postenleiter der Gendarmerie Grünburg, Richard Preisler, zu sich. „Wir erhalten Nachschub“, sagte Bischofshausen, „In Molln wurden noch ein paar Wilderer verhaftet. Sie bringen sie im nächsten Zug. Es wäre mir nur recht, wenn man sie gleich mit den anderen Arrestanten nach Steyr bringen würde.“ Wenig begeistert über diese Nachricht, mit der Aussicht auf einen Massentransport von gefährlichen Wilderern, begab sich Preisler zu seinen beiden Gendarmen, die bereits darauf warteten, die fünf Gefangenen zum Zug zu bringen. Er gab seinen Männern den Befehl, die beiden Wilderergruppen nicht zusammenkommen zu lassen. Ein beunruhigendes Gefühl beschlich ihn und er beschloß, besonders wachsam zu sein und seine Männer zu begleiten. In Ketten gelegt wurden die fünf Schwarzschützen durch den Ort, vorbei an der gaffenden Menschenmenge, zum Bahnhof geführt. Auch wenn es keiner offen zu zeigen wagte, so waren die Sympathien großer Teile der Bevölkerung auf seiten der Wilderer.

Schon von weitem sah man die Rauchfahne des herannahenden Zuges. Postenleiter Preisler ging zum Schaffner. „In welchem Waggon befinden sich die Gefangenen von Molln?" Der Schaffner schaute verwirrt, denn er verstand nicht, was der Gendarm meinte. „Ich weiß nichts von Gefangenen, in Molln sind etwa 20 Burschen zugestiegen, die sich ziemlich wild gebärden." Während Preisler versuchte, Licht ins Dunkel zu bringen, führte sein Kollege die fünf Gefangenen aus dem Wartesaal zum Zug. Plötzlich wurden die hinteren Waggontüren aufgerissen und eine Horde laut brüllender Männer stürzte sich auf Preisler und die Gefangenen. Die Gendarmen hatten auch nicht die geringste Chance zur Gegenwehr. Blitzschnell wurden sie entwaffnet und suchten so schnell sie konnten das Weite. Dieser Übermacht waren sie nicht gewachsen. Die Wilderer stürmten die umliegenden Häuser und verlangten nach Zangen, um ihre Kameraden zu befreien. Laut grölend und singend zogen sie davon, den Steyrfluß entlang, nach Molln zurück. Außer sich vor Wut über die vermeintliche Falschmeldung aus Molln und die daraus resultierende gelungene Befreiung der Wilderer, alarmierte Postenleiter Preisler unverzüglich die Bezirkshauptmannschaft Kirchdorf, das Gendarmerieabteilungskommando Steyr und den Posten Molln.

Die Schlacht

Gegen Abend war die Wildschützen-Bande in Molln eingetroffen. Sie kehrten im Gasthof Dolleschall ein und feierten überschwenglich die erfolgreiche Befreiung ihrer Kameraden. Mittlerweile wurden aus der Gendarmerieschule Steyr junge Gendarmen, darunter auch der zwanzigjährige Rudolf Simmer, mit zwei Lkws nach Molln gebracht. Das Kommando über die Uniformierten hatte Major Dimmer. Der Wind pfiff eiskalt durch die Ritzen der Lkw-Plane, und es war schon dunkel, als die Einsatztruppe endlich am Ortsrand von Molln ankam. Friedlich lag der kleine Ort da, und keiner der Menschen ahnte etwas von dem bevorstehenden Drama. Unterstützt von den Kollegen aus Molln und Grünburg, näherten sich die Gendarmen aus Steyr dem Gasthof und umstellten ihn. Nichtsahnend feierten die Wilderer in der Wirtsstube ihren vermeintlichen Sieg über die Gendarmen in Grünburg. Sie fühlten sich sicher, und es kam ihnen nicht einmal der Gedanke, daß inzwischen die gesamte Gendarmerie der Umgebung anrückte, um sie zu verhaften.

Mit fünfzehn Mann betrat Gendarmeriemajor Dimmel, die bajonettbestückten Gewehre auf die Anwesenden gerichtet, die Wirtsstube. Plötzlich war es totenstill im Raum! Dimmel erklärte die anwesenden Wilderer für verhaftet. „Widerstand ist zwecklos, der Gasthof ist von fünfzig Gendarmen umstellt." Die Wilderer waren wie gelähmt und reagierten überhaupt nicht auf seine Worte. Dann geschah etwas, womit Dimmel nicht gerechnet hatte. Der Wirt, Josef Dolleschall, begann plötzlich zu schreien. „Wir sind alle freie Bürger, wir leben jetzt in einer Republik. Ihr stürmt schwer bewaffnet in mein Gasthaus, was ist das für ein Vorgehen. Laßt euch das net gefallen, Burschen!" Mit seinem Gebrüll löste er die Erstarrung der Wilderer. Die Wirtshaustische stürzten um, Bierkrüge wurden durch den Raum geworfen. Ein Gendarm wurde durch Glassplitter so schwer am Auge verletzt, daß er am nächsten Tag seiner Verletzung erlag. Ein wildes Gerangel zwischen Wilderern und Gendarmen begann. Major Dimmel sah keinen anderen Ausweg, er befahl den Gebrauch der Waffen. Tödlich verletzt von einem Bajonettstich des Grünburger Postenleiters Preisler, brach der Wilderer Karl Zemsauer zusammen. Beinahe zur gleichen Zeit traf ein Bierglas Preisler am Kopf, er gab noch zwei Schüsse ab und sank darauf benommen zu Boden. Es war kaum noch möglich, in diesem Tumult den Überblick zu bewahren. Der Wildschütz Roman Schiefer verblutete durch einen Bajonettstich in seinen Oberschenkel, den ihm der Probegendarm Arnezeder aus Molln versetzte. Die nackte Angst ließ alle um ihr Leben kämpfen, jeder wehrte sich, so gut er konnte. Als der Probegendarm Josef Danninger von einigen Schwarzschützen angegriffen wurde, feuerte er wild um sich. Er traf dabei den Wilderer Georg Unterbrunner. Mit einem tödlichen Brustschuß fiel der junge Unterbrunner zu Boden. Wie lang die Schlacht im Wirtshaus letztendlich dauerte, ist schwer zu rekonstruieren, an ihrem Ende gab es jedenfalls drei Tote sowie zahlreiche Leicht- und Schwerverletzte.

Als halbwegs wieder Übersicht herrschte, teilten zwei ansässige Gendarmen dem Einsatzleiter Dimmel mit, daß zwei Bandenmitglieder fehlten – der Wolfbauer Gust und der Johann Eder vulgo Resch. Wolfbauer hatte sich während der Kämpfe im Wirtsraum in einem Ofenrohr versteckt und war unbemerkt geflüchtet. Mehrere Gendarmen, darunter der Mollner Postenkommandant Kutzenberger und der

Gendarmerieschüler Simmer, machten sich auf den Weg durch die Dunkelheit zum Resch-Bauer in der Ramsau. „Aufmachen, Gendarmerie“, riefen sie aufgebracht und klopften wild an die Tür. Eine alte Frau öffnete, brutal drängten sie die Gendarmen auf die Seite und drangen in das Haus ein, auf der Suche nach dem entkommenen Wilderer. Sie stürmten die steile Holztreppe hoch und öffneten die Tür zur Dachkammer. Im Schein der Lampe sahen sie Eder im Bett liegen, scheinbar schlafend. „Stehen Sie auf Eder, Sie sind verhaftet!“ brüllte Kutzenberger, der sich mit dem Rücken zur Wand stellte. Seine Waffe mit aufgepflanztem Bajonett hielt er fest in beiden Händen, sie war gegen Eder gerichtet. Der Wilderer sprang aus seinem Bett in Richtung Tür, plötzlich sank er mit schmerzverzerrtem Gesicht zusammen. Das Bajonett steckte bis zur Hälfte in seiner Brust, um seinen Körper bildete sich eine riesige Blutlache, er starb. Als die Gendarmen das Haus verließen, teilten sie Eders Mutter mit, ihr Sohn habe Gegenwehr geleistet und sei tot. Über den genauen Tathergang gab es unterschiedliche Aussagen. Die Gendarmen berichteten ihrem Einsatzleiter, daß Eder sich ins Bajonett geworfen und selbst aufgespießt habe, nachdem er die Aufforderung zum Mitkommen bekommen hätte.

Im Totenbuch der Pfarre Molln ist zu lesen: „Johann Eder, gestorben am 14. März 1919 um 11 Uhr nachts. Todesursache: Bajonettstiche in die Brust.“ Sollten es tatsächlich mehrer Stiche gewesen sein, so wäre das ein ziemlich eindeutiges Indiz dafür, daß Eder den Gendarmen nicht, wie behauptet, ins Bajonett „gefallen“ ist.

Vier tote Wilderer und ein toter Gendarm lautete demnach die schreckliche Bilanz der Wildererschlacht von Molln. Noch in der gleichen Nacht wurden insgesamt neun Wilderer verhaftet und in das Gefangenenhaus des Kreisgerichts Steyr überstellt.

Lynchjustiz und das Wildererbegräbnis

Die Bevölkerung des Steyrtals war in heller Aufruhr über das Blutbad von Molln. Als sich die an der Gasthausschießerei beteiligten Gendarmen, allen voran Major Dimmel, am 16. März nach Linz zum Rapport begeben sollten, wurden sie von einer wütenden Menschenmenge am Bahnhof fast gelyncht. Steine wurden geworfen und Dimmel, der als letzter ging, wurde mit Fäusten traktiert und mit Füßen getreten. Das Bahnhofspersonal stand der erbosten Menge hilflos gegenüber,

Rufe gegen die Gendarmen wurden laut. „Erschlagt ihn!“ brüllten zwei Männer und stürzten sich auf Dimmel. Der Offizier erlitt eine stark blutende Verletzung an der Schulter und konnte sich mit letzter Kraft in den Zug retten.

Auch in Linz bot sich ein ähnliches Bild. Mit einer schwer bewaffneten Eskorte wurden die Uniformierten in das Landesgendarmeriekommando gebracht, um Bericht zu erstatten. Ihre Vorgesetzten bestätigten später, daß der Einsatz in Molln korrekt durchgeführt worden wäre. Inzwischen wurden die verhafteten Wilderer wieder freigelassen.

Am 18. März 1919 fand unter großer Anteilnahme der Bevölkerung das Begräbnis der vier Wilderer statt. Zeitungsberichte sprechen von 1.500 bis 3.000 Menschen, die den toten Wilderern Georg Unterbrunner, Heinrich Huber, Karl Zemsauer und Johann Eder die letzte Ehre erwiesen. Die vier Särge wurden am Kirchplatz ausgesegnet, danach ging dem gewaltigen Leichenzug die Musikkapelle von Leonstein voran. Die Melodie des Trauermarsches drang in die Herzen der Menschen, die hinter den Särgen zum Friedhof gingen. Eine Vielzahl von Arbeitern aus Molln, Grünburg, Windischgarsten und Spital am Pyhrn hatten sich eingefunden, um die vier getöteten Männer auf ihrem letzten Weg zu begleiten. Sozialdemokratische Politiker hielten ihre Grabreden, die Angehörigen sahen leichenblaß, aber gefaßt zu, wie die Särge in die kalte Erde der Gräber hinuntergelassen wurden. 12 Böllerschüsse ertönten, als Zeichen dafür, daß es sich bei den Toten um Kriegsheimkehrer handelte. Wilderer, unverkennbar an ihren Hüten, auf denen prächtige Gamsbärte prangten, verabschiedeten sich mit Tränen in den Augen von ihren toten Kameraden.

Erinnerungen an 1919

Späte Genugtuung erhielten die Nachkommen des vom damaligen Forstadjunkt Lugner am 14. Jänner 1919 erschossenen Bauernknechts und Wilderers Vinzenz Bloderer. Dessen Ermordung war ja einer der auslösenden Faktoren für das Drama von Molln.

Lugner, als Revierförster in Großraming tätig, war einer Bande von Wildschützen auf der Spur und wurde am 21. Juli 1932 Opfer eines Wilderers. Als man seine Leiche, die eine Schußverletzung im Nacken aufwies, in einem Wildbachgraben fand, fehlten sein Dienstgewehr, sein Hut und die angeblichen Aufzeichnungen über die vermeintlichen

Wildererbanden. Die von der Gendarmerie angestellten Nachforschungen hatten schließlich Erfolg. Bei der Durchsuchung der Wohnung des Arbeitslosen Johann Garstenauer fanden die Beamten Gewehr, Feldstecher und Zielfernrohr des Ermordeten. Am 28. September 1932 machte der 30jährige Mann, nachdem er seine Geständnisse immer wieder geändert hatte, seine letzte Aussage zum Fall des toten Försters. Es gab einen Kampf, bei dem er Lugner das Gewehr abgenommen hätte. Der Förster sei daraufhin geflohen. Als Garstenauer sah, daß Lugner in seine rückwärtige Tasche faßte, dachte er, der Jäger würde eine Pistole ziehen. Daraufhin habe er auf seinen Arm gezielt und versehentlich den Hals des Försters getroffen. Bei dieser Aussage blieb Garstenauer auch beim Prozeß im Kreisgericht Steyr. Am 15. Dezember 1932 wurde er wegen Totschlages zu sechs Jahren schweren Kerkers verurteilt. Groteske Fügung des Schicksals: Garstenauer war, wie der von Lugner 1919 in Molln erschossene Wilderer, ebenfalls ein Bauernknecht.

Der Schauplatz der Mollner Wildererschlacht, das Gasthaus Dolleschall, ist seit 1968 geschlossen. Bis dahin erinnerten eine Gedenktafel und die Einschüsse in der holzvertäfelten Wand an die Geschehnisse des 14. März 1919. Im Zuge der Renovierung wurden die stummen Zeugen des Ereignisses versehentlich weggeworfen, das hölzerne Zeitdokument somit für alle Zeiten vernichtet. Heute erinnert in Molln nicht mehr viel an die denkwürdigen Vorgänge jener kalten Märznacht. Vergeblich sucht man im Ort nach einer Gedenktafel oder Hinweisen auf Gedenkstätten. 1980 starb Johann Rettenbacher, der letzte noch lebende Wildschütz, der Zeuge des Wildererdramas von Molln war. Und mit ihm, wie es leider scheint, stirbt auch langsam die Erinnerung an die „Wildererschlacht von Molln". ○

Wildererdramen zwischen den beiden Weltkriegen

Die Zeit zwischen dem Ende des Ersten und dem Beginn des Zweiten Weltkrieges war von großen sozialen Mißständen geprägt. Die Menschen hatten kaum zu essen, Wilderer traten gehäuft auf. Und diese wilderten nicht aus einem undefinierten Männlichkeitsgebaren heraus, sondern aus blanker Not. Es war nicht allzu verwunderlich, daß es immer öfter zu Zusammenstößen von Jägern und Wilderern kam.

Die Wildschützen schlossen sich vermehrt zu Banden zusammen, um sich und andere mit Fleisch zu versorgen. Ein Kaninchen oder ein schönes Stück vom Reh waren eine willkommene Abwechslung zu Kartoffeln und Hirsebrei. Die hungernden Menschen waren dankbar und deckten die Wilderer dafür. Die Ermittlungen der Forstbediensteten und Gendarmen wurden dadurch aber nicht gerade erleichtert. Sinnloses Morden stand an der Tagesordnung: Jäger gegen Wilderer – Wilderer gegen Jäger.

Mit welcher Brutalität und Kaltblütigkeit dabei vorgegangen wurde, zeigt der folgende Fall aus Deutschland. Trotz der Bemühungen des abgebrühten Mörders, den Mord als Unfall vorzutäuschen, konnte der Täter auf Grund der hervorragenden Arbeit der Kriminalbeamten doch noch überführt werden.

Kaltblütiger Mord

Die Geschichte trug sich im Sommer 1926 zu. Der Förster Wilhelm Braun war am 31. Juli gegen 17 Uhr in seinem Revier bei Oberkochen im Bundesland Baden-Württemberg unterwegs. Er wollte auf einen Rehbock ansitzen und erst am nächsten Tag ins Forsthaus zu seiner Frau zurückkehren. Der Jäger übernachtete in seinem Jagdhaus und ging früh am nächsten Morgen zu seinem Hochsitz. Auf dem Pirschweg dahin stieß er unerwartet auf einen Mann. Braun kam der Fremde verdächtig vor. Zwar trug dieser keine Waffe in der Hand, aber den Förster beschlich ein ungutes Gefühl. Er forderte den vermeintlichen Wilderer mit schußbereitem Gewehr auf, die Hände hochzunehmen. Als der Mann nicht reagierte, drohte Förster Braun, von der Schußwaffe Gebrauch zu machen. Der Unbekannte stellte sich dem Jäger trotzig in den Weg und antwortete frech: „So schnell schießt man nicht!“. Der Beamte wurde unvorsichtig und trat an den Mann heran. Er forderte den Wilddieb auf, ihm sein Gewehr zu zeigen. Dabei faßte der Förster mit der linken Hand an die Jacke des Verdächtigen und sagte: „Hier links ist der Schaft und rechts ist der Lauf des Gewehrs.“ Braun hielt den Mann mit seinem geladenen und gespannten Drilling in Schach. Der Wilderer bemerkte, daß der Förster seine linke Hand kaum gebrauchen konnte. Braun hatte sich im Krieg das linke Handgelenk so unglücklich gebrochen, daß er eine Metallschiene tragen mußte. Der Mann nützte die Schwäche des Forstbeamten und entriß ihm seine Waffe. Der Förster sprang zurück, da hob der Wilddieb den Drilling, als sich plötzlich ein Schrotschuß löste und Braun am Kopf streifte.

Der Beamte wurde sich augenscheinlich der Gefahr bewußt, da er dem Fremden völlig wehrlos gegenüberstand. Er begann aus dem Wald in Richtung eines Feldweges zu laufen, da er dort Spaziergänger vermutete und er sich sicher war, daß ihm der Wilderer nicht folgen würde. Doch darin hatte er sich geirrt. Der Wilddieb vergewisserte sich, daß niemand den Vorfall beobachtet hatte, und lief hinter dem Förster her. Ein Wettlauf auf Leben und Tod begann. 150 Meter weit folgte der skrupellose Wilderer dem schwer keuchenden Beamten. Schon während er hinter ihm herrannte, hatte er den rechten Hahn des Drillings erneut gespannt. Er blieb knappe 10 Schritte hinter Braun stehen und schoß gleichzeitig beide Läufe auf den Jäger ab. Tödlich getroffen stürzte der Förster zu Boden, Kugel und Schrot zwischen Genick und rechtem Schulterblatt hatten ihr Werk getan.

Der feige Mörder ging an die Stelle zurück, wo er auf den Förster getroffen war. Sein Komplize erwartete ihn schon. Dieser hatte die Schüsse gehört und geglaubt, daß sein Kamerad auf ein Reh geschossen habe. Der abgebrühte Mann antwortete gleichgültig: „Ein Reh nicht, aber einen Förster. Da drüben liegt er.“

Sie gingen daran, die Leiche in den Wald zurückzuschaffen, damit der tote Förster nicht so rasch gefunden werden würde. Da entwickelte der Wilderer einen teuflischen Plan. Die beiden Männer (wie sich später herausstellte war der Mörder der Steinbrucharbeiter Friedrich X., der andere sein Schwiegersohn) lehnten den Toten an die Leiter unter dem Hochsitz. Dies sollte den Anschein erwecken, als wäre Braun vom Hochsitz gefallen und hätte sich dabei unglücklicherweise selbst erschossen. Behindert bei ihrer Arbeit wurden sie durch den Dackel des Försters, der ununterbrochen bellte und versuchte, die Männer zu vertreiben. Sie fingen den Hund ein und banden ihn an sein totes Herrchen. Ein dummer Fehler, wie sich später herausstellen sollte.

Die Tat allein war schon von enormer Grausamkeit, aber was dem kranken Gehirn des Mörders danach entsprang, spottete jeder Beschreibung. Es war sechs Uhr früh, und der Wilderer beschloß, nach dem Frühstück mit seinen beiden Kindern in den Wald zu gehen, um Beeren zu suchen. Ganz zufällig sollten dann seine Kinder die Leiche des Försters entdecken. So ging er mit seinem 18jährigen Sohn und seiner 13jährigen Tochter in Richtung des Hochsitzes. Als das Mädchen sich der Stelle näherte, schlug plötzlich der Dackel an. Erschrokken stolperte sie beinahe über einen Ast, da erblickte sie den toten Förster. Sie lief zum Vater zurück und rief: „Vater, dort drüben liegt ein toter Mann, ein Jäger!" Erstaunt ging der Mann zum Hochsitz, drehte die Leiche sogar um und erklärte den Kindern, daß hier wohl ein Unglück geschehen sein müsse. Sie gingen zum Kollegen des toten Försters, um ihn davon zu unterrichten. Sofort wollte der Jäger an den Tatort, doch der dreiste Mörder meinte seelenruhig, daß er erst zu Mittag essen müsse. Erst dann würde er den Förster an die Stelle führen, wo er seinen toten Kollegen gefunden hatte.

Inzwischen machte sich die beunruhigte Frau des Försters Braun auf die Suche nach ihrem Mann. Zusammen mit ihren beiden Söhnen ging sie in den Wald. Sie trafen auf einen Schäfer, der zwar nichts über den Verbleib des Försters wußte, aber von einem Hund erzählte, der seit fünf Uhr früh ununterbrochen Laut gab. Er hatte auch zwei Schüsse gehört und zwei Männer aus dem Wald kommen gesehen. Die Frau und ihre Söhne liefen in Richtung des Gebells und fanden den toten Förster unter dem Hochsitz. Zur selben Zeit kam Friedrich X. mit dem Nachbarförster an die betreffende Stelle.

Am gleichen Nachmittag wurde durch Beamte der Tathergang ermittelt und auch der vermeintliche Zeuge X. hinzugezogen. Der Steinbrucharbeiter zeigte bereitwillig, wie er die Leiche gefunden hatte. Er gab seine Vermutung kund, daß der Förster wohl eingeschlafen und ihm dabei das Gewehr entfallen sei, sich entladen hätte und den Förster getötet hätte. Der tote Förster wäre dann vom Hochsitz gefallen, und genau in dieser Lage hätte der Arbeiter ihn dann gefunden. Ein zugezogener Arzt widerlegte seine Aussagen, weil er feststellte, daß hier kein Unglücksfall, sondern Mord vorlag.

Der Verdacht fiel sofort auf den Schwiegersohn von X., der Mitpächter der angrenzenden Gemeindejagd war. Dieser hatte nämlich wiederholt die Jagdgrenze überschritten und im Staatsrevier gewildert. Außerdem beschuldigte ihn die Familie des Ermordeten, denn diese wußte, daß er einer der größten Feinde des toten Försters gewesen war.

Eine Untersuchung durch Kriminalbeamte brachte dann endgültig Licht ins Dunkel. Es wurde festgestellt, daß der Förster unmöglich auf seinem Hochsitz erschossen worden war. Weder am Hochsitz noch an den umstehenden Bäumen waren Schroteinschläge festzustellen. Die Schüsse waren auch nicht von unten abgegeben worden, dies konnte auf Grund der Schußwunden (die Brust des Ermordeten war von den Geschossen fast waagrecht durchschlagen worden) ausgeschlossen werden. Durch weitere Zeugenvernehmungen wurde festgestellt, daß der Hund, als man den Förster fand, noch an der Leiche angeleint war. Wenn der Förster also auf seinem Hochsitz gesessen hätte, als er die tödlichen Schüsse erhielt, erschien es unlogisch, daß sein Hund, hoch oben auf dem Hochsitz, an ihn geleint gewesen wäre. Dann hätte der Dackel sich beim Sturz in die Tiefe zumindest auch verletzt. Festgestellt wurde ebenfalls, daß der Förster mit seinem eigenen Drilling erschossen worden war.

Am 16. August legte der Schwiegersohn des Steinbrucharbeiters ein Geständnis ab. Er gestand seine Mitwisserschaft an dem entsetzlichen Verbrechen. Auf Grund seiner Aussagen wurde Friedrich X. festgenommen und legte unter dem Druck der ihm vorgehaltenen Aussagen seines Schwiegersohnes zuerst ein Teilgeständnis ab. Vor dem Untersuchungsrichter gab er dann zu, daß er den Förster eigentlich schon mit dem ersten Schuß töten wollte. Deshalb schoß er auch bei seinem zweiten Versuch beide Läufe zugleich ab und zielte auf das Herz seines Opfers.

Im Oktober 1926 wurde Friedrich X. zum Tode verurteilt, später aber zu lebenslangem Zuchthaus begnadigt.

Auch in Österreich gingen damals viele Kämpfe zwischen Wilderern und Gendarmen blutig aus. Zwar war zumeist Hunger der Grund für die verwegenen Burschen, in den Wald zu gehen und zu wildern, aber auch zur damaligen Zeit waren schon Wilddiebe unterwegs, die es einzig und allein auf Trophäe und Decke abgesehen hatten. Das zeigt das

Wildererdrama im Triebental

Im Laufe des Jahres 1928 erlegten Wilderer im stiftischen Revier im Triebental etwa 15 bis 20 Stück Hoch-, Reh- und Gamswild. Am Fleisch selbst dürften die Wilddiebe nicht allzu interessiert gewesen sein, denn sie ließen das Wildbret liegen, Verwendung fanden nur Haupt und Decke.

Revierinspektor Heinrich Riegerbauer: der 40jährige Gendarm starb durch einen Kopfschuß im Zuge der Festnahme zweier Wilderer, die im Triebental auf unerlaubte Pirsch gingen.

Die Gendarmen des Postens St. Johann a. Tauern, die für das Triebental zuständig waren, gingen vermehrt auf Streife, um nach den Wilderern Ausschau zu halten. Auch am 14. November des Jahres waren zwei Uniformierte in den Wäldern unterwegs. Der Postenkommandant, Revierinspektor Heinrich Riegerbauer, und sein Kollege, der Gendarm Anton Moser, befanden sich gerade auf Patrouille im Rayon 4.

Es war gegen 15 Uhr, ein eisig kalter Tag, und es begann schon leicht zu dämmern. Ihr Weg führte sie über Hohentauern bis nach Trieben. Am nächsten Tag sollten die beiden Männer Erhebungen im Triebental anstellen. Ihr Auftrag lautete, nach unbekannten Tabakdieben und Wilderern zu suchen. Auf ihrem Rundgang trafen sie auf einen Förster, der gerade Holzvermessungen vornahm. Er berichtete aufgeregt von einigen Wilderern, die im hinteren Triebental ihr Unwesen trieben. Jagdpächter des Triebentals zur damaligen Zeit war Erbprinz Karl Egon von Fürstenberg. Die beiden Männer brachen sofort ihre Patrouille ab und suchten den Jagdleiter des Fürstenberg'schen Reviers, Johann Riemelmoser, auf. Die Gendarmen und der Jagdleiter kamen überein, die Almhütten und Heustadel der Gegend nach den Wilderern abzusuchen. Schließlich brauchten auch Wilddiebe ein Nachtquartier, und die Chance, sie im Schlaf zu überraschen, war relativ groß. So zog eine Gruppe von sieben Männern los, um den Verbrechern den Garaus zu machen. Revierinspektor Riegerbauer, Jagdleiter Johann Riemelmoser, sein Neffe Josef Riemelmoser, die Jäger Johann Knefz, Franz Rieger, Schaumberger und der Gendarm Anton Moser machten sich gegen 22 Uhr auf den Weg. Wenn auch nicht ängstlich, so doch mit angespannten Nerven und sehr vorsichtig pirschten sich die Männer im Schutz der Dunkelheit an die ersten Hütten, die sie nach etwa einer halben Stunde erreicht hatten, heran. Sie untersuchten die Häuser, aber ohne Ergebnis. Um ca. 23 Uhr kamen die Jäger und Gendarmen an einen Heustadel bei der Griesmaierhube. Riegerbauer und Moser betraten den Stadel durch eine Nebentür. Mit ihren Lampen leuchteten sie den Raum aus. Im Schein des Lichtes erkannten sie zwei Männer, die vermeintlichen Wilderer.

Der Revierinspektor sprang zum Stadeltor, stieß es auf, um die draußen wartenden Jäger einzulassen. Er leuchtete die Wilderer an und rief: „Hände hoch! Ergebt Euch, Ihr Halunken!" Plötzlich, ein Schuß. Riegerbauer wurde in den Kopf getroffen, fiel gegen das Stadeltor und dann zu Boden. Gleich darauf, noch ehe die Jäger reagieren konnten, ein zweiter Schuß, der den Gendarmen Moser am rechten Oberschenkel verletzte. Durch das Mündungsfeuer konnte Moser erkennen, woher geschossen wurde. Er riß sein Gewehr hoch und gab 13 Schüsse auf die Wilderer ab. Auch die Jäger, die sich endlich aus ihrer Erstarrung lösten, feuerten auf die Wilderer. Ein lauter Schrei aus Richtung der Wilddiebe veranlaßte die Jäger dazu, eine kurze Feuerpause einzugehen. Moser forderte sie nochmals auf, aus dem Dunkel nach vorne zu kommen und sich zu ergeben. Keine Reaktion.

Es wurde weiter geschossen, und wieder schrie einer der Wilderer getroffen auf. Die Beamten stellten das Feuer ein, aber die Wilderer wollten immer noch nicht aufgeben. Die Uniformierten näherten sich den Wilderern mit gefälltem Bajonett und erklärten sie für verhaftet. Die beiden Wildschützen wurden aus ihrem dunklen Versteck geholt, in Ketten gelegt und durchsucht. Sie benutzten Munition mit kreuzweise angefeilter Geschoßspitze. Die Wirkung solcher Kugeln war besonders schlimm, da sie beim Aufprall auf das Wild komplett auseinander gingen und für eine riesige Wunde sorgten. Das hatte den „Vorteil", daß die Tiere sofort zur Strecke gebracht wurden. In den Rucksäcken der beiden Wildschützen fand man je eine Gamsdecke und eine Krucke. Anton Mosers Wunde wurde beim nächsten Bauern versorgt.

In der Zwischenzeit – es war mittlerweile 4 Uhr morgens – kamen ein Rettungsauto aus Rottenmann und drei Mann vom Posten Trieben zu Hilfe. Einer der Wilderer, Franz Huber aus Pruggern, erlitt zwei Oberschenkeldurchschüsse am rechten Bein. Er starb auf dem Transport nach Leoben. Revierinspektor Heinrich Riegerbauer war auf Grund des Kopfschusses auf der Stelle tot.

Wie sich beim nachfolgenden Prozeß herausstellte, soll Huber die Schüsse auf die Gendarmen abgegeben haben. Der zweite Wilderer aus Ramsau, ein 25jähriger Bursche aus gutsituiertem Haus, war unverletzt geblieben. Er wurde zu 4 Monaten schwerem Kerker verurteilt. Die Leiche von Revierinspektor Riegerbauer wurde in seinen Heimatort St. Johann bei Herberstein in der Oststeiermark überführt und auch dort beigesetzt. Bei der Errichtung einer Gedenkstätte im November 1929, an der Stelle, an der Riegerbauer sein Leben lassen mußte, waren auch seine Lebensgefährtin, Adele Landl, und sein dreijähriger Sohn Kurt anwesend. Heute noch erinnert das Denkmal an das mutige Vorgehen des 40jährigen Revierinspektors gegen die beiden Wilderer vom Triebental.

Auch die Zeit vor dem Zweiten Weltkrieg war von großer Not geprägt. Es war nicht die Lust am Verbotenen, sondern schlichtweg der Hunger, der die Menschen dazu trieb, etwas Illegales zu tun. So wie in unserer nächsten Geschichte, die sich einige Zeit vor dem Ausbruch des Zweiten Weltkrieges zutrug.

Wilderer von Jäger erschossen

Es war 1935, genau am 15. Januar des Jahres. Ein kalter Wintertag, trotzdem, oder gerade deswegen war der Wilderer im Wald bei Göriach unterwegs. Dabei wurde er von Oberjäger Franz Meilinger auf frischer Tat ertappt. Doch so rasch wollte der Wilddieb nicht aufgeben. Ein harter Kampf entbrannte zwischen den beiden Männern, ein Kampf auf

Das Marterl erinnert an einen Wilderer, der 1935 vom Oberjäger Franz Meilinger auf frischer Tat ertappt und erschossen wurde.

Leben und Tod. Der gestellte Wilderer feuerte auf den Jäger und traf diesen, wobei er aber nur die Jacke Meilingers durchlöcherte. Dieser schoß in Gegenwehr zurück und traf seinen Widersacher tödlich.

Die Leiche des Wilderers wurde in der örtlichen Gemeindestube obduziert. Beigesetzt wurde der Wilderer in Mariapfarr. Der Oberjäger Franz Meilinger kam gut davon. Er wurde in Erfüllung seiner Pflicht vom Gericht freigesprochen.

Die Kriegsjahre 1939 bis 1945

Hitlers Wilddiebkommando

In den Kriegsjahren 1939 bis 1945 gab Adolf Hitler eine große Anzahl an Weisungen heraus. Es handelte sich dabei um etwa 650 schriftliche Anordnungen mit teilweise oder gänzlich zivilem Charakter. Knapp zwei Drittel der Anweisungen waren geheim und wurden nie im Reichsblatt abgedruckt. Hitler prüfte alle Weisungen sehr genau und ließ sie nötigenfalls so oft ändern, bis sie seinen Wünschen hundertprozentig entsprachen.

Adolf Hitler, hier am Berghof, seinem Domizil im Berchtesgadener Land, unterschied zwischen „ehrenhaften" und „unehrenhaften" Wilderern. Die Feigen kamen ins Gefängnis, die Kugelwilderer zur Bewährung an die Front.

Interessant ist, welche zivilen Themen im Mittelpunkt des Führerinteresses standen. Neben den Erlässen zur Kriegswirtschaft sowie zur Verwaltung und Ausbeu-

Reichsmarschall Hermann Göring haßte die Wilderer. Er konnte den Anweisungen Hitlers nichts abgewinnen. Er wollte das Wildern komplett unterbinden. Aber auch die härtesten Strafen konnten die Wilderer nicht aufhalten.

tung der besetzten Gebiete finden sich dort ebenso welche zur Ahndung der Wilddieberei.

Am 23. März 1940 wurde dem Reichsjustizministerium laut Aktenvermerk folgende Anweisung Hitlers mitgeteilt: „Der Führer hat die Absicht, den sogenannten anständigen Wilderern Strafaufschub und, falls sie sich an der Front gut geführt haben, Amnestie zu gewähren." Nachdem die Wilderer aber als Scharfschützen an vorderster Frontlinie zum Einsatz kamen, wurde das Thema Amnestie wahrscheinlich nur pro forma in den Akten vermerkt.

In einem anderen Schreiben präzisierte Heinrich Himmler, Reichsführer der SS, Hitlers Anweisungen folgendermaßen: „Der Führer hat verfügt, daß sämtliche Wildschützen, besonders jene bayrischer und ostmärkischer Herkunft, die nicht durch Schlingen, sondern durch Jägerei mit der Büchse das Gesetz übertreten haben, im Wilddiebkommando Oranienburg einzusetzen seien." Dieses Kommando war eine eigene Kompanie, die der SS eingegliedert war.

Interessant ist, daß Hitler zwischen, seiner Meinung nach, „ehrenhaften" und „unehrenhaften" Wilderern unterschied. So sollten „feige" Schlingenwilderer eingesperrt werden – und auch bleiben, während Kugelwilderer als Schützen zur Bewährung an die Front kamen. Die Äußerung Hitlers, „das Anständigste bei der Jagd ist das Wild, das Zweitanständigste der Wilderer, denn der setzt wenigstens sein Leben ein", entsprach in keinster Weise der Meinung von Reichsmarschall Hermann Göring. Er haßte Wilderer. Nur Parteibonzen, hochrangige SS-Mitglieder und Industrielle durften in der Nazizeit kapitale Hirsche erlegen. Selbst bei der Jagd schlugen die rassistischen Ideologien des nationalsozialistischem Regimes durch, wie folgender Auszug aus einem Jagdorgan aus dem Jahr 1939 zeigt: „Tiere mit kleinem Geweih gelten als Artverderber und müssen als Schädlinge vernichtet werden. Das ist das eherne Gesetz, das wir auch gegen Volksschädlinge rücksichtslos anwenden." Im Kriegswinter 1942/43, als die Menschen auf Grund der Dauer des Krieges bittere Not litten, gab das Reichsjagdamt die zynische Anweisung, Hafer, der für Kleinkinder verwendbar gewesen wäre, doch lieber an das Rotwild der Staatsjagdreviere zu verfüttern.

Während der nationalsozialistischen Zeit also wurde das Wildern hart bestraft, wer wilderte, wurde ähnlich eingestuft wie ein Kriegsverbrecher. Als Reichsjägermeister war es Görings Ziel, das Wildern komplett zu unterbinden. Er schaffte es, die Wilderer noch mehr zu kriminalisieren, die Strafen waren enorm hoch. Daneben mußte der Wilderer damit rechnen, daß der Jäger ihm gegenüber keine Rücksicht mehr walten ließ, schließlich handelte der Waidmann ja im Sinne der staatlichen Allmacht.

Es hatten zwar nur mehr wenige den Mut, illegal zu jagen, aber selbst Hermann Göring schaffte es nicht, das Wildern gänzlich aus der Welt zu schaffen. Die „anständigen" Wilddiebe wurden nun auf Hitlers Geheiß hin aus den Gefängnissen entlassen, um in Sondereinheiten an die Front geschickt zu werden. Anscheinend versprach man sich von den Wildschützen besonderes Können in bezug auf lautloses Anschleichen und präzises Schießen. Aber nicht nur „harmlose" Wilderer wurden ins Strafbataillon gesteckt, auch brutale Förstermörder, wie die nächste Geschichte zeigt, wurden an der Front eingesetzt.

Hinterrücks erschlagen

Dieser Vorfall ereignete sich im Kriegsjahr 1940 in Niederösterreich. Der erst 16 Jahre alte Viktor Beer arbeitete im Revier eines Försters in Naßwald an der Rax. Der Beruf des jungen Burschen: Forstpraktikant. Seine Kameraden kannten ihn als höflichen, sehr intelligenten, aber auch introvertierten Menschen. Der Junge kam gewissenhaft seiner Arbeit nach, er liebte den Wald und war oft alleine unterwegs. In letzter Zeit kam es vermehrt zu Wilddiebstählen im Revier. Viktor Beer war noch aufmerksamer als sonst in seinem Gebiet unterwegs. Als er eines Tages auf Fallen stieß, die mit ziemlicher Sicherheit von Wilderern stammten, ging er sofort daran, diese zu zerstören. Dabei dürfte er von dem gemeinen Fallensteller beobachtet

Der erst 16 Jahre alte Forstpraktikant Viktor Beer wurde von einem Wilddieb im Wald brutal ermordet.

worden sein. Zwar zufrieden über die Beseitigung der Fallen, aber getrieben von einem mulmigen Gefühl, verließ er, so rasch er konnte, den Wald. Zuhause bat er den Vater, ob er nicht endlich sein Gewehr bekommen könnte. Er fühlte sich auf Grund der Wilderer nicht mehr sicher im Revier, und irgendwie wurde er seine innere Unruhe nicht los. Sein Vater aber meinte: „Nein Viktor, du bist noch zu jung dafür, aber zu Weihnachten bekommst du dein Gewehr." Eine verhängnisvolle Entscheidung, aber niemand kann im Nachhinein sagen, ob das Gewehr sein Leben gerettet hätte.

Es war ein warmer Sommertag im Juni, der letzte im kurzen Leben des Jungen. Der Wilderer lauerte ihm hinterrücks auf. Er stürzte sich auf den wehrlosen Burschen und schlug mit dem Kolben seines Gewehrs auf ihn ein. Immer wieder und wieder. Selbst die herzerschütternden Schreie des jungen Menschen konnten den grausamen Wilderer nicht dazu bewegen, von seinem Opfer abzulassen. Erst als Viktor Beer sich kaum noch rührte und nur noch röchelnde Laute von sich gab, hörte der Unbekannte auf zuzuschlagen. Der Wilderer hatte aber nicht vor, den Jungen, wenn auch bereits halb totgeschlagen, zu verschonen. Nein, vielmehr ging er daran, sein Werk zu vollenden. Er schnappte den beinahe leblosen Körper des 16jährigen und schleppte ihn zu einem Abgrund ganz in der Nähe. Der Verbrecher hob den Burschen hoch, so gut er konnte, und warf ihn über die steile Felswand hinunter. Dann vergewisserte er sich noch einmal, ob der Junge sich noch rührte, aber Viktor Beer war tot. Hinterrücks erschlagen von einem brutalen Wilddieb. Das Felsstück, auf dem der Körper Viktor Beers aufschlug, wurde später zu seinem Grabstein.

Dem Förster gelang es, den Mörder auszuforschen. Es handelte sich um einen Angehörigen der SS, der verurteilt und in das „Wilddieb-Strafkommando Oranienburg" an die Front versetzt wurde. Er kam nie mehr zurück.

Von einem, der aus dem Krieg heimkehrte und dann das erste Mal in seinem Leben wildern ging – Christian Salchegger – erzählt uns folgende Geschichte.

Einmal und nie wieder

Der damals blutjunge Salchegger war im Krieg bei der SS. Er erlebte die anglo-amerikanische Invasion im Juni 1944 in der Normandie mit und geriet Anfang Juli 1944 in Saint-Lô in amerikanische Gefangenschaft. Der Soldat wurde nach Amerika deportiert und lebte dort zwei Jahre als Kriegsgefangener. Am 5. Juli 1946 kehrte er endlich nach Österreich, in seine Heimatgemeinde Filzmoos, zurück.

Obwohl es dem ehemaligen Soldaten in der amerikanischen Haft sicher besser ging als vielen seiner Kameraden in russischer Kriegsgefangenschaft, war er schwach und freute sich auf die bodenständige Kost seiner Heimat. Zwei Jahre nach Kriegsende war aber, selbst was die Grundnahrungsmittel betraf, noch keineswegs der Normalzustand erreicht. Die täglichen Lebensmittelrationen lagen unter denen der Kriegszeit, und der Schwarzmarkt blühte. Fleisch gab es, wenn überhaupt, nur in kleinen Mengen, die Abgabe erfolgte gegen Marken.

Christian Salchegger plagte der Hunger, also beschloß er – das erste Mal in seinem Leben – wildern zu gehen. Da gab es nur ein kleines Problem, er hatte keine Waffe mehr. Also fragte er seinen älteren Bruder, ob dieser ihm nicht für kurze Zeit sein Gewehr leihen könnte.

Am 7. Juli 1946 war es dann soweit. Salchegger ging zeitig in der früh in den Wald, und schon nach kurzer Zeit hatte er einen Rehbock vor der Büchse. Nervös zielte er auf das Tier, dann drückte er ab. Er hatte Glück und gut getroffen, der Rehbock brach zusammen. Vorsichtig näherte er sich dem Tier, dabei schaute er sich um, ob ihn auch ja niemand beobachtet hatte. Salchegger versuchte seine Beute hochzuheben, aber er war einfach zu schwach. Nun war guter Rat teuer. Einfach liegenlassen, kam nicht in Frage, dafür war der Hunger viel zu groß. Wohl oder übel mußte er seinen Bruder einwei-

Der junge Salchegger in SS-Uniform. Er geriet im Juni 1944 bei der Invasion in der Normandie in amerikanische Gefangenschaft.

Der Salzburger Christian Salchegger erinnert sich an seine „einmaligen" Erfahrungen mit der Wilderei.

Christian Salchegger und sein Bruder lebten zwei Jahre in Amerika als Kriegsgefangene. Im Juli 1946 kehrten sie nach Österreich zurück.

hen, damit ihm dieser beim Abtransport helfen konnte. Zwar wenig begeistert über die Tat Christians, aber froh über die Abwechslung am Speiseplan, holte der Bruder den geschossenen Rehbock heim. Leider bekam der Vater der beiden alles mit und rastete vollkommen aus. Er schlug auf den Älteren der beiden ein, weil er Christian das Gewehr gegeben hatte. Der alte Mann hatte panische Angst, daß seine beiden Söhne wieder gefangengenommen würden, wenn irgend jemand etwas von der Sache mitbekommen hätte. Schließlich war Filzmoos von den Amerikanern besetzt, und die ließen sich „ihr Wild" nicht so gerne von den Einheimischen abschießen.

Geschmeckt hat es der Familie trotzdem, aber Christian Salchegger beschloß, sein Glück nicht noch einmal herauszufordern. Er ging nie wieder wildern.

Wildern heute

Bis etwa in die Mitte des vorigen Jahrhunderts galt das Wildern in den Augen der Bevölkerung ja nicht wirklich als Diebstahl. Im Gegenteil, die Wildschützen, die nicht nur hervorragend schießen konnten, sondern meistens auch besonders starke und gewiefte Burschen waren, genossen großteils ein besonderes Ansehen (ausgenommen unter Jägern und Gendarmen!). Die Wilderer waren sozusagen ein Symbol für Freiheit, Unabhängigkeit, Kraft und Ausdauer. Wobei man bei aller Romantisierung nicht vergessen darf, daß die meisten Wilddiebe Anfang bis Mitte des 20. Jahrhunderts die reine Verzweiflung trieb. Der Untergang der Monarchie, zwei Weltkriege und die verheerende wirtschaftliche Situation dazwischen – meistens war nicht einmal die Versorgung mit den notwendigsten Grundnahrungsmitteln gewährleistet – taten ihr übriges. Unter diesen Umständen war es nicht in erster Linie Jagdleidenschaft, die manche Männer in den Wald trieb, um den kargen Speiseplan der Familie mit einem schönen Stück Wild etwas aufzubessern, sondern die blanke Not.

Die Zeiten, in denen Wilderer allein aus Gründen der Nahrungsmittelbeschaffung wilderten, sind längst vorbei. Auch mit der Romantik des freien Wildschützen und seiner Auflehnung gegen die Obrigkeit haben die heutigen Wilderer nichts mehr gemein. Mit zunehmendem Wohlstand sind neue Formen der Wilderei entstanden. Die gefährlichsten und selbst in Wildererkreisen verachtenswertesten Schwarzschützen sind sicher die „Autowilderer". Sie fahren nachts in den Wald, vorwiegend zu Plätzen, an denen sich das Wild schart. Die Tiere werden mit großen Scheinwerfern geblendet und dadurch bewegungsunfähig gemacht. Dann wird vom Auto aus geschossen, wobei es auch immer wieder passiert, daß ein Tier zwar angeschossen, aber danach nicht gefunden wird und elendiglich im

Wald verendet. Diese unehrenhaften Wilddiebe haben mit den legendären Wilderern, wie Georg Jennerwein oder Pius Walder, längst nichts mehr gemein.

Außerdem stößt man immer wieder auf Trophäensammler, die dem geschossenen Gams, Steinbock oder dem Rotwild nur das Haupt abschneiden und den Körper zurücklassen. Ein durchaus lohnendes Geschäft, werden doch mit den Geweihen kapitaler Hirsche Preise zwischen 7.000 bis 10.000 Euro erzielt. Nicht vergessen darf man auch, daß manchmal sogar „echte Jäger" zu Wilderern werden. Entweder, weil sie keinen Zugang zu einer Jagd haben, oder weil sie sich, obwohl Jagdscheinbesitzer, nicht an die Grenzen ihres Gebiets halten.

Strafen heute

Wer ohne Erlaubnis die Jagd ausübt, ist ein Wilderer.

Das galt bereits vor 1000 Jahren und hat natürlich auch heute noch seine Gültigkeit. Geändert haben sich im Laufe der Jahrhunderte nur das Strafausmaß und die Art der Strafen. Während Körper- und sogar Todesstrafen im Mittelalter die durchaus üblichen Strafen für Wilddiebe waren, geht das heutige Strafrecht sehr viel milder mit den illegalen Jägern um.

Je nach Schwere des Delikts kommt entweder der Paragraph 137 oder 138 zur Anwendung:

> *§ 137. Wer unter Verletzung fremden Jagd- oder Fischereirechts dem Wild nachstellt, fischt, Wild oder Fische tötet, verletzt oder sich oder einem Dritten zueignet oder sonst eine Sache, die dem Jagd- oder Fischereirecht eines anderen unterliegt, zerstört, beschädigt oder sich oder einem Dritten zueignet, ist mit Freiheitsstrafe bis zu sechs Monaten oder mit einer Geldstrafe bis zu 360 Tagsätzen zu bestrafen.*

Auch das Verfolgen des Wildes in ein benachbartes Revier wird geahndet, selbst wenn offizielle Jäger unterwegs sind. Genauso gilt es als Wilderei, wenn man als Spaziergänger Abwurfstangen im Wald findet und mitnimmt. Strafbar macht sich auch, wer ein von seinem KFZ erfaßtes und getötetes Wildtier mitnimmt. Vorsicht, Unwissenheit schützt nicht vor Strafe!

Höher sind die Strafen für schweren Eingriff in fremdes Jagdrecht.

§ 138. Mit Freiheitsstrafe bis zu drei Jahren ist zu bestrafen, wer die Tat

1. an Wild, an Fischen oder an anderen dem fremden Jagd- oder Fischereirecht unterliegenden Sachen in einem 1817 Euro übersteigenden Wert,
2. in der Schonzeit oder unter Anwendung von Eisen, von Giftködern, einer elektrischen Fanganlage, eines Sprengstoffs, in einer den Wild- oder Fischbestand gefährdenden Weise oder an Wild unter Anwendung von Schlingen,
3. in Begleitung eines Beteiligten (§12) begeht und dabei entweder selbst eine Schußwaffe bei sich führt oder weiß, daß der Beteiligte eine Schußwaffe bei sich führt oder
4. gewerbsmäßig begeht.

Je nach Vergehen können die Geld- und auch Haftstrafen eine ganz beträchtliche Höhe erreichen, aber immer noch besser als, wie im Mittelalter durchaus üblich, ein Auge ausgestochen zu bekommen.

Wildererfälle von 1986 bis 2003

Überall dort, wo sich Wild erbeuten läßt, sind Wilderer zu Hause, auch heute noch. Egal, ob in Bayern, Tirol, Salzburg, Oberösterreich oder im Wiener Raum, in all diesen Gebieten kann man auf Fälle von Wilderei stoßen. Die nachfolgenden Wilddiebstahlsfälle in Österreich und Deutschland sind chronologisch nach Jahren geordnet. Eingegangen wurde auf besonders spektakuläre Fälle, für alle Geschichten hätte der vorhandene Platz im Buch wohl nicht ausgereicht. Manchmal war es kurios, oft brutal, und es gab auch immer wieder komische Fälle, die sich in den knapp 20 Jahren von 1986 an ereignet haben, aber lesen Sie selbst.

1986

Im Zuge der Recherchen war es auffallend, daß es immer wieder Jahre gab, wo weniger gewildert wurde. Das mag zum einen daran liegen, daß in diesen Jahren der Wildbestand niedriger war als in anderen. Möglicherweise waren aber in den betreffenden Jahren auch die Wilderer raffinierter am Werk oder die Gendarmen und Aufsichtsjäger nicht ganz so wachsam? Wie auch immer, folgende Geschichten spielten sich 1986 in Österreichs Wäldern und Gerichtssälen ab:

Reuige Täter

Großes Aufsehen unter der Jägerschaft von Kleinzell im Mühlkreis (Bezirk Rohrbach / Oberösterreich) erregte am 19. Februar 1986 ein Prozeß im Landesgericht Linz. Angeklagt als Wilderer waren zwei Landwirte, der damals 37jährige Nebenerwerbslandwirt Josef R. und der 50jährige Josef H. Nicht nur beinahe alle Mitglieder des Jagdkonsortiums des Mühlviertler Ortes, sondern auch der Pfarrer waren bei der Verhandlung gegen seine beiden sündigen Schäfchen anwesend. Den beiden Angeklagten wurde vorgeworfen, am 22. November 1985 in Kleinzell vier Rehe im Revier des Jagdkonsortiums geschossen zu haben. Dummerweise wurden sie dabei in flagranti ertappt. Witziges Detail am Rande: R. war zuvor mehrmals zur Jagdprüfung angetreten, aber jedes Mal gescheitert. H. war zwar selbst einmal Mitglied im Jagdkonsortium gewesen, nach Zwistigkeiten aber ausgeschlossen worden. Den Wert der geschossenen Tiere von etwa 1.500,– Euro hatten die beiden Wildschützen in der Zwischenzeit ersetzt, und auch das Fleisch konnte verwertet werden.

Das Gericht machte auf jeden Fall kurzen Prozeß – die beiden wurden zu bedingten Geldstrafen von 650,– Euro bzw. 1.300,– Euro verurteilt. Als der Richter die beiden geständigen Täter aufklärte, daß das Vergehen des schweren Eingriffes in fremdes Jagd- oder Fischereirecht mit bis zu drei Jahren Haft bestraft werden kann, nahmen sie die Strafe gleich an.

Daß auch 1986 schon „unehrenhaft“ vom Auto aus gewildert wurde und die Schützen es bloß auf die Trophäen abgesehen hatten, zeigt der nächste Fall, der sich im Salzkammergut ereignet hat.

Alibi für Seitenspringer

Das Salzkammergut war immer schon (und ist es noch) eine der Wildererhochburgen Österreichs. Im August '86 trieb eine Bande von Wildschützen im Gebiet zwischen Vorchdorf und Scharnstein (Bezirk Gmunden / Oberösterreich) ihr Unwesen. In einer einzigen Nacht waren sechs Rehböcke völlig unwaidmännisch erlegt worden. Die Täter hatten es nur auf die Trophäen abgesehen. Die Gendarmerie wollte die wenigen vorhandenen Spuren möglichst unauffällig verfolgen, um die Täter nicht zu warnen. Die Beamten hatten aber nicht bedacht, daß der Wilddiebstahl unter den Jägern der Region natürlich bereits Tagesgespräch war.

Wie damals ermittelt wurde, dürften die Täter in der Nacht zum 5. August 1986 zugeschlagen haben. In dieser Nacht gab es heftige Gewitter, so daß der Knall der Schüsse niemandem aufgefallen war.

Folgendes dürfte sich zugetragen haben: Die Wilddiebe fuhren mit ihrem Wagen in den Wald. Von der Straße aus blendete einer der Täter mit einem Handscheinwerfer die Tiere, ein anderer schoß mit einer Waffe, die vermutlich mit einem Schalldämpfer ausgerüstet war. Ungewöhnlich war die Munition, die von den Wilderern verwendet wurde: es handelte sich um Vollmantelgeschosse. Den Treffern nach zu schließen war ein guter Schütze am Werk. Ungewöhnlich war auch, daß diese Wilderer es nur auf Rehböcke abgesehen hatten, denen sie relativ unfachmännisch die Köpfe abtrennten. Die Korper der Tiere ließen sie liegen. Die Täter waren demnach anscheinend nur auf Trophäenhandel aus, ein durchaus lohnendes Geschäft. Nichtjäger kaufen sich solche Krickerln oft als Schmuck für die Bauernstube. Manche Schützen, und jetzt sind jene gemeint, die hinter den „zweibeinigen Rehen" her sind, bringen ihren Frauen gekaufte Geweihe nach Hause. Diese dienen dann quasi als Alibi, um zu vertuschen, daß man(n) statt auf der Pirsch in Wahrheit fremdgegangen ist.

Der Schaden betrug zum damaligen Zeitpunkt rund 4.400,– Euro, und die Jäger der Region waren von nun an noch wachsamer auf ihrer Pirsch.

Der Kater läßt das Mausen nicht, und dieser Täter konnte anscheinend vom Wildern nicht genug bekommen. Sonst läßt sich wohl kaum erklären, warum der Tiroler, trotz einiger Gefängnisaufenthalte wegen illegalen Jagens, so unvorsichtig war, erlegtes Wild in seiner Tiefkühltruhe aufzubewahren.

Wildern aus dem Auto raus gilt auch unter Wilderern als extrem unehrenhaft.

Mehr als ein Dutzend Waffen wurden bei der Hausdurchsuchung des Tiroler Hüttenwirtes und Wilderers Gottfried N. gefunden.

Tiroler Rambo

Unbelehrbar schien der damals 52jährige Hüttenwirt N. aus Trins im Gschnitztal (Tirol) zu sein. Gendarmen hatten den Mann schon längere Zeit im Verdacht. Schließlich hatte der schießfreudige Hüttenwirt schon mehrmals wegen Wilderei hinter schwedischen Gardinen gesessen. Im Oktober 1986 ergab sich neuerlich ein Verdachtsmoment gegen N., diesmal wegen Waffenhandels.

Bei Hausdurchsuchungen in seinen beiden Schutzhütten am 21. Oktober des Jahres wurde der Verdacht tatsächlich bestätigt. Es wurden mehr als ein Dutzend Waffen, darunter Gewehre, Revolver und verbotene Wildererwaffen, gefunden. Gottfried N. wurde von Beamten der Kriminalabteilung verhaftet und tags darauf in das Gefangenenhaus nach Innsbruck überführt. Daß der Hüttenwirt das Wildern trotz mehrer Verurteilungen nicht lassen konnte, zeigte der Fund etlicher Trophäen, die erst vor kurzem erlegt worden waren. In der Tiefkühltruhe wurden ein Gamskitz, ein Auerhahn und zwei Fasane sichergestellt.

1987

Auch 1987 schien, was das Wildern betrifft, ein eher ruhigeres Jahr gewesen zu sein. Wirklich erwähnenswert sind zwei Fälle, wobei man bei der ersten Geschichte viel eher von einem Sadisten als von einem Wilderer sprechen sollte.

Blanker Haß

Im Frühjahr 1987 hielt ein offenbar sadistisch veranlagter Wilderer die Jägerschaft von Maria Schmolln, Höhnhart und St. Johann am Walde, alle im Bezirk Braunau (Oberösterreich), in Atem. Der Unbekannte schoß, scheinbar aus reiner Lust am Töten, fünf Rehe, darunter drei trächtige Rehgeißen, mit einem Kleinkalibergewehr an. Das tückische an diesem Kaliber ist, daß es nur ganz selten sofort tödlich wirkt.

Die Rehe verendeten qualvoll, und das erst einige Tage später. Einige der angeschossenen Tiere wurden von Füchsen angefallen und schrecklich zugerichtet. Eigenartig war auch, daß der Wilderer seine

Schüsse in einem Gebiet abfeuerte, wo drei Reviere aneinander grenzen. Die Gendarmerie ging deshalb davon aus, daß es sich um einen Jägerhasser handeln könnte. Der Wilderer handelte recht dreist, denn er war sowohl unter Tags als auch nachts unterwegs. Obwohl der unbekannte Täter so grausam vorging, kamen aus der Bevölkerung keine brauchbaren Hinweise. Neben Rehen schoß der Täter auch auf Katzen, doch konnte man in keinem einzigen Fall ein Projektil finden. Damit hätten die Exekutivbeamten zumindest die Möglichkeit gehabt, den genauen Typ der Tatwaffe zu ermitteln.

Glück und Unglück zugleich hatte ein junger Mann in Oberösterreich. Diese Geschichte hätte auch der dramaturgische Höhepunkt in einem kitschigen Heimatfilm sein können, hat sich aber tatsächlich so ereignet.

Schutzengel im Einsatz

Es war ein kalter, unwirtlicher Tag, der 29. November 1987. Der 29jährige Werkzeugmacher Franz T. aus Bad Goisern (Oberösterreich) war von Gosau aus in das Gebiet des Kalmesberges aufgestiegen, um zu wildern. Als Jagdwaffe trug er ein Gewehr mit Schalldämpfer bei sich. Das Wetter wurde immer schlechter, und der Bad Goisener mußte schließlich umkehren. Dabei lief er zwei Jägern in die Hände, denen er gleich verdächtig erschien. Franz T. flüchtete, hatte aber nicht die schlechten Witterungsverhältnisse bedacht. Er rutschte auf dem vereisten Weg aus und stürzte etwa 200 Meter über einen Steilhang ab. Dabei dürfte der Mann mehr Glück als Verstand gehabt haben. Benommen lag er da, als sich die beiden Jäger zu ihm abseilten. Die Waidmänner brachten den Verunglückten zu einem Arzt, der nur leichte Verletzungen feststellen konnte. Geschockt, aber glücklich über seinen Schutzengel, gestand der Mann den Gendarmen schließlich die Absicht des Wilddiebstahls. Der Wildschütz wurde auf freiem Fuß angezeigt. Ihm konnten im Zuge der Ermittlungen noch weitere Delikte dieser Art nachgewiesen werden. Leider ist nicht bekannt, ob er noch einmal sein Schicksal herausforderte, oder ob ihm sein unwahrscheinliches Glück, einen derartigen Absturz so gut wie unverletzt überstanden zu haben, eine Lehre war.

1988

Peinlich, peinlich, was einem beim Wildern so alles passieren kann. Die Jagd auf einen Auerhahn hat einem Tiroler Wilderer kein Glück gebracht, und auch ein paar Wiener konnten ihrer gerechten Strafe nicht entgehen. Was 1988 im Wald und auf der Heide so vor sich ging ...

Augen auf

Tja, wenn Jagdfieber blind macht, dann kann es schon einmal vorkommen, daß man vor lauter Eifer die anwesenden Jäger nicht bemerkt. So ging es einem 47jährigen Wilderer im Gebiet von Ötz in Tirol. Am 7. Mai 1988 war der Wilderer auf der Jagd nach einem Auerhahn. Ewald L. aus Haiming erlegte einen balzenden Auerhahn in unmittelbarer Nähe von gleich drei Jägern. Als er den tödlichen Schuß auf das Tier abgab, befanden sich die Waidmänner nur 15 Meter von ihm entfernt.

Der 35jährige Jagdaufseher Franz Falkner aus Ötz war mit zwei befreundeten Jägern zum Gebiet des Amberg aufgebrochen, um dem kapitalen Auerhahn beim Balzen zuzuhören. Neben dem Liebesgeflüster des Auerhahns konnten die drei Männer auch ein verdächtiges Geräusch aus dem Busch hören. Aber sie hatten nicht einmal Zeit, es zu orten, da krachte auch schon ein Schuß und der Auerhahn fiel tot vom Baum. Der Wilderer wurde angezeigt.

Während die Wildschützen der vergangenen Jahrhunderte noch zu Fuß die Berggipfel erklommen und die Wälder durchstrichen, um unerlaubt Wild zu erlegen, unternehmen ihre modernen Vertreter regelrechte Jagdreisen, um ihrer verbotenen Leidenschaft zu frönen.

Wenn die Gene stärker sind

So wie beim damals 28jährigen Schlosser Kurt M. aus Ebensee (Oberösterreich), der angeblich aus einer bekannten Wildererfamilie stammen soll. Bis zum 7. Juli 1988 war der junge Mann jedenfalls noch nie einschlägig aufgefallen. An jenem Sommertag aber wurde er um etwa 6.50 Uhr in der Früh vom 59jährigen Landwirt und Leiter des Jagdkonsortiums Krenglbach, Johann Kraxberger, beim

Augen auf:
Vor lauter Begeisterung für den balzenden Auerhahn bemerkte der Wilderer nicht, daß in unmittelbarer Nähe gerade drei Jäger auf der Pirsch waren.

Wenn die Gene stärker sind:
Der Wilddieb aus Ebensee hatte aus einem Horst junge Sperber gestohlen. Er wollte die Vögel zur Falknerei ausbilden.

Wildern ertappt. Der Ebenseer war eigens ins Alpenvorland, nach Pichl, in die Nähe von Wels, gefahren, um unerkannt wildern zu gehen. Überrascht, um diese frühe Stunde jemanden im Wald zu treffen, ließ er sich ohne Widerstand vom Jäger entwaffnen, der den Wilderer mit angelegter Waffe neben seinem Auto stellte. Kraxberger ließ den Wilderer gehen und zeigte ihn bei der Gendarmerie an.

Die Beamten statteten dem verhinderten Wilddieb zu Hause in Ebensee einen Besuch ab und wurden tatsächlich fündig. Im Kasten des Verdächtigen fand man zwei Fasane. Daraufhin gestand der Wilderer und übergab den Gendarmen die zwei Fasane, zwei Wildenten, einen Eichelhäher, einen Fuchs, ein Geweih und Vorderfüße eines Rehs sowie zwei lebende junge Sperber samt zwei Gewehren und einer Pistole. Die beiden lebenden Vögel hatte er aus einem Horst gestohlen, um sie zur Falknerei auszubilden. Der Wilderer wurde auf freiem Fuß wegen Wilddiebstahls und Verstoßes gegen das Waffengesetz angezeigt. Die beiden Sperber wurden einem Fachmann zur Aufzucht übergeben. Bei der Verhandlung im Oktober wurde der „Hobbyfalkner“ zu einer Strafe von 700,– Euro verurteilt.

Daß selbst gutsituierte Geschäftsleute dem Trieb, illegal zu jagen, nicht wiederstehen können, zeigt der nächste Fall, der sich im September 1988 in der Steiermark zutrug.

Erfolgslose Flucht

Die drei Wiener Geschäftsleute Herbert H., Peter S. und Franz P. wurden am 29. September 1988 in Wildalpen (Bezirk Liezen) auf frischer Tat beim Wildern ertappt. Der Aufsichtsjäger des Reviers hörte in der Nacht mehrere Schüsse, worauf er sich zum vermeintlichen Tatort anschlich. Der Jäger erwischte die Wilderer, als sie gerade dabei waren, den kapitalen Vierzehnender, der natürlich nicht zum Abschuß freigegeben war, zu stehlen. Die Täter konnten zwar in ihrem bereitgestellten Auto flüchten, auf Grund des Kennzeichens wurden sie aber wenig später ausgeforscht. Peinlich für einen der drei Wilddiebe – er hatte das Jagdrecht in den Wäldern um Gußwerk, das ihm nach Bekanntwerden des Vorfalles sofort entzogen wurde. Da hat wohl einer am falschen Platz gespart!

1989

Ende der achtziger Jahre gab es zwar einige Wildererfälle, aber sehr spektakuläre Taten waren nicht dabei. Wirklich bemerkenswert ist eigentlich nur ein Fall, der sich im Tiroler Tuxer Tal ereignet hat.

Dümmer als die Polizei erlaubt

Für besonders schlau hielten sich anscheinend zwei Wilderer, die in Tirol ihr „Jagdglück" versuchten. Der zum damaligen Zeitpunkt 31jährige Koch Martin R. aus Ramsau im Zillertal und der 23 Jahre alte Kellner Thomas P. aus Linz gingen Anfang Dezember 1989 nach Dienstschluß auf die Pirsch. Dabei wollten die beiden anscheinend möglichst bequem zu ihrer Beute kommen. Vom Auto aus leuchteten sie mit einem Suchscheinwerfer das Gelände neben der Tuxer Landstraße ab. Es dauerte nicht lange, und die beiden Einfaltspinsel fielen einer Gendarmeriepatrouille in die Hände. Die Beamten durchsuchten das Auto der Verdächtigen und fanden folgende Waffen: ein Kleinkalibergewehr mit Zielfernrohr und Schalldämpfer, ein Jagdgewehr, verschiedene Messer und andere Jagdbehelfe. Beide Waffen waren bereits geladen und lagen schußbereit neben den Verdächtigen im Wagen. Bei einer anschließenden Hausdurchsuchung fielen der Gendarmerie weitere Gewehre und Faustfeuerwaffen in die Hände. Die beiden verhinderten Wilderer wurden auf freiem Fuß angezeigt.

1990

In diesem Jahr erweist sich das Salzkammergut einmal mehr als eine Hochburg der Wilderer. Gleich zwei aufsehenerregende Fälle beschäftigten die Exekutive 1990 im schönen Oberösterreich – ein wildes Handgemenge auf der Katrin in Ischl und ein ehemaliger Jäger, der die Fronten wechselte, waren den Regionalblättern Schlagzeilen wert.

Hier hat schon der Kaiser gejagt

Im Juni des Jahres 1990 wurde im Gebiet der Katrin (Bad Ischl, Oberösterreich) mehrmals Wild gefunden, das mit einer Kleinkaliberwaffe angeschossen worden war. Die beiden bei den Bundesforsten beschäftigten Jäger Wilhelm Lahner und Christian Stieger aus Bad Goisern waren noch wachsamer als sonst im Revier unterwegs. Auch am Abend des 25. Juni unternahmen sie einen Ausgang ins Revier und bezogen Posten in der Nähe der Bergstation der Katrin-Seilbahn. Um etwa 20 Uhr kam ein Mann an ihnen vorbei, der eine kurzläufige Kleinkaliberwaffe mit Schalldämpfer und Zielfernrohr bei sich trug. Die beiden Waidmänner riefen ihn an, worauf der Verdächtige zwar stehenblieb, sich aber als harmloser Wanderer ausgab. Auf seine Waffe angesprochen, reagierte der 33jährige Alfred A. aufgebracht. Als die beiden Jäger den Mann entwaffnen wollten, kam es zu einem Handgemenge und zur Flucht des Täters. Lahner und Stieger nahmen die Verfolgung auf und konnten den vermeintlichen Wilderer einholen. Dieser setzte sich aber zur Wehr, und es kam zu einer handfesten Rauferei zwischen den Jägern und dem Wilderer. Dabei wurde der Aufsichtsjäger Stieger am Arm verletzt. Trotzdem konnten die beiden Jäger den Verdächtigen überwältigen. Sie brachten ihn zur Bergstation und alarmierten die Gendarmerie. Einer der Jäger ging zurück zu der Stelle, an der A. angehalten wurde, um die zurückgelassenen

Waffen zu holen. Der Ischler Angestellte sah seine Chance zur Flucht gekommen. Er riß sich vom zweiten Jäger los und lief davon. Er kam aber nicht weit, denn er stürzte in einen Graben und zog sich einen Riß der Achillessehne zu. Jetzt erst war seine Flucht endgültig zu Ende, denn nun konnte er beim besten Willen nicht mehr weiter. Der Verletzte mußte mit einem Hubschrauber in das Krankenhaus von Bad Ischl gebracht werden.

Die Indizien gegen den Mann konnten durch den Fund eines toten Stück Wilds, das in der Nähe der Bergstation der Katrin-Seilbahn gelegen hatte, erhärtet werden. Es war mit einem Gewehr des gleichen Kalibers erlegt worden, das auch die Waffe des Alfred A. aufwies. Trotzdem wurde eine von der Gendarmerie beantragte Hausdurchsuchung bei dem Verdächtigen von der Staatsanwaltschaft abgelehnt. Der Mann mußte letztendlich nur mit eine Anzeige rechnen.

Boshafte Rache

Etwa ein Monat später, im Juli 1990, gelang es Gendarmen aus Bad Goisern (Oberösterreich) einen weiteren, der Wilderei verdächtigen Mann zu fassen. Der Forstfacharbeiter Franz G., damals 35 Jahre alt, hatte im Sarsteingebiet auf Gemsen geschossen und war dabei beobachtet worden. Pikantes Detail am Rande: Der Goisener war zuvor als Aufsichtsjäger in diesem Gamsrevier tätig gewesen, wo er jetzt beim Wildern beobachtet wurde. Franz G. wurde in diesem Revier als Aufsichtsjäger nicht mehr benötigt und war entlassen worden. Daraufhin kehrte er an seinen alten Arbeitsplatz bei den Bundesforsten zurück. Dort im Wald wurde er dann auch von den Gendarmen festgenommen, als diese von der Wilderei des Forstfacharbeiters erfahren hatten. Zwecks Hausdurchsuchung wurde der gefesselte Tatverdächtige mit einem Hubschrauber zu einer Hütte am Sarstein geflogen. Dort sollte G. sich öfters aufgehalten haben. Die Durchsuchung brachte aber kein Ergebnis. Franz G. wurde, weil er eine Gams angeschossen hatte, auf freiem Fuß angezeigt. Ebenfalls untersucht wurde, ob der Mann für die Bosheitsakte, die sich in jenem Gamsrevier seit geraumer Zeit zutrugen, zur Verantwortung gezogen werden könne. Angesägte und umgeschnittene Hochstände sowie aufgestochene Reifen bei Fahrzeugen der Jagdpächter deuteten auf einen Racheakt des entlassenen ehemaligen Aufsichtsjägers hin.

1991

Anfang der neunziger Jahre war es ziemlich ruhig, was die Wilderei betraf. Aufsehen erregte ein Fall im Ländle, vor allem, weil eine Frau des Vergehens der Wilderei bezichtigt und angezeigt wurde. Seit jeher war Wildern ja auch eine Art Mannbarkeitsritual der Burschen im Gebirge, und bis dahin gab es eigentlich nur eine Wildschützin, die den Bekanntheitsgrad legendärer männlicher Kollegen erreichte – die Aschinger Nandl aus St. Wolfgang. Wie man aber am Beispiel der jungen Vorarlbergerin sieht, machte die Emanzipation auch vor einer der letzten Männerdomänen nicht halt.

Die „Amazone" vom Montafon

Anfang Oktober 1991 war die damals 28jährige Vorarlbergerin aus Gaschurn im Montafon in einem Jagdgebiet in Laterns (Bezirk Feldkirch) unterwegs. Die Frau und ihr männlicher Begleiter wurden von einem Jagdaufseher angehalten und überprüft. Der Jäger hatte Verdacht geschöpft, weil die verdächtigen Personen jagdmäßig gekleidet waren. Im Rucksack fand der Aufseher dann auch fette Beute in Form eines Jagdgewehrs mit Schalldämpfer und Zielfernrohr. Die Vorarlbergerin wurde auf der Gendarmerie in Rankweil einvernommen und gab zu, auf einem unerlaubten Pirschgang gewesen zu sein. Ihr ebenfalls befragter Begleiter wußte angeblich nichts von dem Vorhaben der Wilderin. Bei der Hausdurchsuchung der jungen Frau wurden 22 Jagdtrophäen, mehrere präparierte Tiere, Felle sowie ein weiteres Gewehr sichergestellt.

Annemarie R. und ihr Komplize Willi K. vor Gericht, beim Prozeß. Annemarie R., eine der wenigen Frauen unter den Wilderern, wurde 1991 in Vorarlberg auf illegaler Pirsch ertappt.

Jahrelang hielten Wilderer die Gendarmen im oberen Mühlviertel in Atem. Manchmal dauert es eben ein bißchen länger, aber auch hier konnten die Beamten den Fall erfolgreich abschließen.

Bei der Hausdurchsuchung fanden die Beamten 22 Jagdtrophäen, Felle, präparierte Tiere und ein weiteres Gewehr.

Kommissar Zufall

Der Landwirt Franz E. aus Kollerschlag (Oberösterreich) stand schon jahrelang unter Verdacht, als Wilderer sein Unwesen zu treiben, nur nachgewiesen konnte ihm bis dahin nichts werden. Auch Anfang September des Jahres 1991 waren E. und sein Bekannter R. in der Nacht unterwegs, um zu wildern. Sie schossen auf zwei Böcke und eine Geiß. Die Tiere waren aber nur angeschossen und konnten trotz ihrer Verletzungen noch etliche Meter flüchten. Die beiden Wilderer konnten sie in der Nacht jedoch nicht mehr finden. Obwohl sie das Gebiet mit Taschenlampen absuchten, wo sie die Beute vermuteten, blieben die drei Tiere unauffindbar. Wie das Schicksal so spielt, fand ein Bauer am nächsten Tag die drei verendeten Tiere in der Nähe von Kollerschlag und alarmierte die Gendarmerie des Postens Peilstein. Der Verdacht fiel sofort auf den damals 52jährigen Landwirt Franz E., der bereits mehrmals von den Beamten zu Wilddiebstählen verhört wurde, stets ohne Erfolg. Verhaftet wurde auch sein Komplize, der Maurer Hermann R., ebenfalls aus Kollerschlag. Die beiden waren nach längeren Verhören und einigem Leugnen geständig, in den Revieren Kollerschlag und Peilstein bereits mehrmals gewildert zu haben.

Franz E. besaß sogar einige Zeit lang einen Jagdschein, der allerdings nicht mehr verlängert wurde. Grund waren nicht näher erläuterte Ungereimtheiten. Seither war der Landwirt ohne offizielle Berechtigung auf der Jagd. Sein Komplize, Hermann R., war für den Abtransport der jeweiligen Beute verantwortlich, weil E. keinen Führerschein besaß. Bei Hausdurchsuchungen in den beiden Wohnungen der Verdächtigen fanden die Gendarmen kleinkalibrige Waffen, die beschlagnahmt wurden. Da die beiden Männer geständig waren, wurden sie auf freiem Fuß angezeigt.

1992

Ein trauriges Ereignis jährte sich in diesem Jahr zum 10. Mal. Am 8. September 1982 wurde der Wilderer Pius Walder in Innervillgraten von einem Jäger hinterrücks erschossen. Das Interesse an seinem Schicksal war ungebrochen, sein Grab war mittlerweile zu einer Pilgerstätte für neugierige Touristen geworden. Trotz der tragischen Geschichte des Pius Walder lassen sich Osttiroler Burschen auch 1992 nicht vom Wildern abhalten. Es wurden sogar Hubschrauber eingesetzt, um zwei Wildschützen im hinteren Defreggental zu stellen.

Wilderer-Ehrenwort

Und immer wieder schlagen die Gene durch. So zumindest und nicht anders erklärte der pensionierte Schmied und Schlosser Franz W. aus Bad Goisern (Oberösterreich) seine Lust am verbotenen Jagen. Mindestens 21 Rehe und Gamsböcke hatte er in den letzten Jahren geschossen, dazu noch einige Auerhähne.

„Das Wildern hab' ich vom Großvater g'erbt. Der hat auf die Art alle Holzknecht mit Wildbret versorgt", so entschuldigte Fritz W. seinen, laut Strafgesetzbuch, „Eingriff in fremdes Jagdrecht". Auf die Frage des Richters, warum er denn nicht Jäger geworden sei, wenn er so leidenschaftlich gerne schieße, hatte der Frührentner auch eine passende Antwort parat. „Die Mutter hat mi net lassen. Sie hat g'sagt, das is z'gfährlich, weil die Jaga daschiaßn sich alle irrtümlich gegenseitig..." So begann Fritz W. schon als 14jähriger seine Karriere als Wilderer. Die Jägerschaft hatte den Mann schon länger im Verdacht. Und so kam es, daß er im Sommer 1991 beim Wildern ertappt wurde. Die Beamten fanden in seiner Tiefkühltruhe größere Mengen an Reh- und

Gamsfleisch. Fritz W. wollte einer größeren Strafe entgehen und führte seine Beute einem wohltätigen Zweck zu. Die Insassen eines nahen Altersheimes konnten sich eine Woche lang an Wildbret delektieren.

Damals hatte Fritz W. wegen des Wilddiebstahles seinen Arbeitsplatz verloren. Im Mai 1992 wurde ihm im Kreisgericht Wels der Prozeß gemacht. Die geschädigte Jägerschaft von Bad Goisern forderte ursprünglich Schadenersatz in Höhe von 2.200,– Euro. Angesichts der Tatsache, daß Fritz W. keinen Beruf mehr ausübte, verzichtete der Jagdgesellschaftsleiter auf Schadenersatzleistung. Der Jäger verlangte vom Beschuldigten nur, nie wieder zu wildern. Fritz W. gab ihm daraufhin per Handschlag sein Wilderer-Ehrenwort und versprach außerdem ein Faß Bier für die Jäger. Soviel „Wilderer-Romantik" rührte zwar auch den Richter, Strafe gab es aber doch für Fritz W.: Der Mann wurde zu neun Monaten Haft, bedingt auf drei Jahre, verurteilt. Der Rentner nahm die Strafe an.

Daß auch Jäger manchmal auf die schiefe Bahn geraten, zeigt der nächste Fall, der sich gegen Ende Mai 1992 in Hallstatt (Oberösterreich) zutrug.

Irrtum oder Absicht?

Trotz Selbstanzeige von Herbert U. waren die Jäger in Hallstatt über die Tat des Mannes empört. Ein Oberförster, der sich derartig bei den Abschußzeiten irrt, disqualifiziert sich selbst, so die einhellige Meinung der ansässigen Jägerschaft. Wie konnte es so weit kommen?

Obwohl für zweijährige Hirsche im Mai noch Schonzeit herrschte, hatte der Oberförster Herbert U. am 24. Mai 1992 im Bereich der Steingrabenschneid bei Hallstatt zwei Hirsche geschossen. Weil sie nicht aufgebrochen waren und nur die Eckzähne fehlten, schrieb man die Tat vorerst Wilderern zu. Ein Wanderer hatte die toten Tiere in einer Mulde entdeckt und meldete seinen Fund dem zuständigen Aufsichtsjäger. Dieser begab sich an jene Stelle, wo die beiden toten Hirsche lagen. Sie befanden sich genau an der Grenze zwischen dem Revier der Bundesforste und einem Revier, das an einen Deutschen verpachtet war. Der Jäger öffnete den Bauchraum der Kadaver, deren Fleisch für den Genuß mittlerweile verdorben war. Dann machte er

Hallstadt in Oberösterreich war 1992 Schauplatz eines Falles von Wilddiebstahl. Ausgerechnet ein Oberförster erlegte während der Schonzeit zwei kapitale Hirsche. Seine Aussage, „er habe sich bei den Abschußzeiten geirrt", sorgte bei den Jägern der Gegend für Empörung.

Anzeige bei der Gendarmerie. Die Beamten gingen von Wilddiebstahl aus, als sich kurze Zeit später der Oberförster meldete und Selbstanzeige erstattete.

Als Grund für den Abschuß der beiden Tiere gab er an, er sei der Meinung gewesen, auf die beiden zweijährigen Hirsche schießen zu dürfen. Erst beim Ausfüllen der Abschußmeldung sei ihm sein bedauerlicher Irrtum bewußt geworden.

Ungeklärt blieb aber, warum er die beiden Hirsche nicht fachgerecht aufgebrochen und für deren Abtransport gesorgt hatte. Für den Dienstgeber von Herbert U., die Bundesforste, lag ein bedauerlicher Irrtum ihres Mitarbeiters vor. Die Jägerschaft des Salzkammerguts urteilte härter – gegen solche Jäger müsse die Behörde entsprechende Sanktionen setzen, so die ungeteilte Meinung der Berufsjäger.

Aus Tradition?

Im August 1992, also knapp vor dem 10. Todestag des erschossenen Wilderers Pius Walder, ließen sich zwei Osttiroler Burschen nicht von der Wilderei abhalten. Bei der Gendarmerie in Sankt Jakob im Defreggental (Tirol) wurde Anzeige gemacht, daß im Schwarzachtal zwei Schwarzschützen unterwegs seien. Die Beamten beschlossen, die Unbekannten nicht mit Autos, sondern, auf Grund des schwer zugänglichen Geländes, mit einem Hubschrauber zu jagen. Der folgende Einsatz mit dem Hubschrauber des Innenministeriums blieb jedoch erfolglos. Die beiden Osttiroler Wilderer hatten sich entweder zwischen den Felsen so versteckt, daß sie nicht entdeckt wurden, oder sie waren über die Berge nach Südtirol geflüchtet und untergetaucht. Jagen ohne Jagdschein hat in der rauhen Landschaft Osttirols anscheinend Tradition.

1993

Auch in diesem Jahr passierte einiges im grünen Tann, wobei die Geschichte mit dem Südtiroler Pfarrer, die sich Ende 1993 ereignete, gerade deshalb so erwähnenswert erscheint, weil sie zeigt, daß auch ein Mann Gottes nicht frei von Fehlern ist.

Im Frühjahr 1993 trieb in Traun wieder einmal ein sadistischer Tierquäler sein Unwesen. Zu solch einer Tierquälerei ist ein „echter Wilderer" sicher nicht fähig.

Keine Schonzeit für diesen Tierquäler

Im April 1993 hielt ein abartiger Tierquäler die Jäger und Gendarmen von Traun (Oberösterreich) in Atem. Zuerst entdeckte ein Jäger in der Au in Traun eine trächtige Rehgeiß, die trotz Schonzeit niedergeschossen worden war. Der Wildschütz hatte seine drei Schüsse mit einem Kleinkalibergewehr abgegeben.

Einige Tage später fanden Fischer in der Nähe des Oedter Badesees eine von einem Wilderer erlegte, hochträchtige Rehgeiß. Die schwer verletzte Geiß hatte sich noch stundenlang herumgeschleppt, bevor sie qualvoll verendete. Der Wilderer hatte eine viel zu kleine Munition verwendet.

Schon seit Jahren war die Exekutive hinter dem Mann her, der es, scheinbar aus Lust am Schießen und Töten, auf leichte Beute abgesehen hatte. Da kamen ihm die trächtigen Geißen gerade recht. In diesem Zustand sind die Rehe sehr zutraulich und können nicht so schnell flüchten, ein perfektes Ziel also für den Sadisten. Laut Aussagen der Gendarmerie dürfte der Verdächtige schon längere Zeit in dieser Gegend wildern, ohne daß es bis dahin eine konkrete Spur zu ihm gab. Nur einmal, 1987, wäre der Wilderer beinahe erwischt worden. Ein zufällig in der Nähe weilender Jäger hörte die Schüsse, die der Verdächtige mit seinem halbautomatischen Kleinkalibergewehr abfeuerte. Als der Waidmann nach dem Rechten schaute, war der Wilderer längst geflüchtet. Ein erlegtes Tier konnte nicht gefunden werden, dafür eine Patronenhülse.

Wilderer ist nicht gleich Wilderer, das zeigt der nächste Fall, denn hier war ein

Profi am Werk

Ende September 1993 schlug im Bereich des Kleinen Priel bei Hinterstoder (Oberösterreich) ein Wilderer gleich zweimal zu. Der unbekannte Täter erlegte zwei Hirsche auf dem 1.000 Hektar großen Gebiet der Eulenburgschen Forstverwaltung. Oberförster Johann Kainz, der Verwalter des Forstgutes, entdeckte bei einem Rundgang auf einer der beiden Wildwiesen unterhalb des Kleinen Priels einen Hirsch mit abgetrenntem Haupt. Das Tier war bereits leicht verwest. Schnittspuren am Rücken zeigten, daß der Wilddieb versuchte hatte, Wildbret herauszuschneiden, dabei aber offensichtlich gestört worden war. Einige Tage später bot sich auf der anderen Wildwiese ein ähnliches Bild. Auch da lag ein erlegter Hirsch, dem das Haupt abgetrennt worden war. Diesmal hatte der Wilddieb anscheinend mehr Zeit, denn hier war es ihm gelungen, Lungenbratenstücke und Keulen mitzunehmen. Die beiden Hirsche waren zwischen acht und zwölf Jahre alt, allein der Schaden durch das entwendete Wildbret betrug an die 1.000,– Euro. Der Abschußwert für beide Tiere betrug zusammen etwa 7.500,– Euro. Verdächtig schien dem Oberförster im Nachhinein, daß das Röhren der brunftigen Hirsche ungefähr zum Zeitpunkt der Abschüsse nicht mehr zu hören war. Die Gutsbesitzer setzten damals eine Prämie von ca. 3.600,– Euro aus.

Den Seinen gibt's der Herr im Schlafe, und manchmal muß eben auch ein Geistlicher dabei etwas nachhelfen. Ein bißchen scheint sich der Südtiroler Pfarrer an die Figur des Don Camillo, aus den gleichnamigen Filmen der sechziger Jahre, gehalten haben. Dieser war ja auch nicht zimperlich und hat schon einmal zur Waffe gegriffen. Aber die Liebe zu Gewehren und die Namensgleichheit mit einem Wilderer bekam diesem Mann Gottes gar nicht gut. Tja, um Absolution braucht er sich wenigstens nicht zu sorgen, sitzt er als Priester doch sozusagen an der Quelle.

Don Camillo auf Abwegen

Statt Weihrauch atmete der Pfarrer der kleinen Gemeinde Tall bei Schenna (Südtirol) die gesiebte Luft einer Gefängniszelle. Ende November 1993 war der damals 59jährige Pfarrer mit einem Jagdgewehr ertappt worden. Bei der anschließenden Hausdurchsuchung wurde von den Carabinieri ein ganzes Arsenal an Waffen sichergestellt. Die Größe des Fundes war ausreichend, um den Gottesmann in Untersuchungshaft zu stecken. Damit war es aber noch nicht getan. Dem schießwütigen Geistlichen wurde der Waffenpaß entzogen. Zuerst vorläufig. Auf Grund der Namensgleichheit mit einem Jäger aus einer Nachbargemeinde, der, dummerweise, beim Wildern erwischt wurde, wurde ihm der Waffenpaß danach jedoch gleich endgültig entzogen. Auch nachdem sich herausgestellt hatte, daß Hochwürden in diesem Fall unschuldig war und die Jagdtrophäe nicht auf sein Konto ging, blieb der Waffenpaß in Verwahrung. Der Pfarrer erhielt eine Anzeige wegen unerlaubten Waffenbesitzes, seinem Namensvetter drohte hingegen ein Verfahren wegen Eingriffes in fremdes Jagdrecht.

1994

Im Salzkammergut, da kann man gut ... nicht nur lustig sein, anscheinend läßt es sich in diesem Teil Österreichs auch besonders gut wildern. Es vergeht kaum ein Jahr, in dem hier nicht irgendein Wildererfall für Aufregung in den Revieren sorgt. Und auch 1994 bildete da keine Ausnahme.

Ein Feinschmecker

Der Fall ereignete sich vermutlich am 10. September 1994 in einem Jagdgebiet rund um die Langbath-Seen bei Ebensee (oberösterreichisches Salzkammergut). Der Oberförster des Reviers entdeckte bei einem Gang durch das Gebiet den Kadaver eines kapitalen Hirsches. Das Tier, ein zehnjähriger Rothirsch, dürfte an die 140 Kilogramm gewogen haben. Der Wilddieb war sehr professionell ans Werk gegangen. Das Haupt und die Hinterbeine des Tieres waren abgetrennt, den Rest ließ der Täter liegen.

Der Schaden wurde mit ca. 3.600,– Euro beziffert. Für die Ergreifung des Täters, der mit ziemlicher Sicherheit über gute Ortskenntnisse verfügte, wurden damals 750,– Euro ausgesetzt.

Obwohl viele Fälle ungeklärt bleiben, kann sich die Exekutive auch immer wieder über die Ergreifung von Wilddieben freuen, so, wie in der nächsten Geschichte.

Wilderer aus Leidenschaft

Scheinbar schon einige Jahre lang dürfte der Salinenarbeiter Franz E. heimlich gewildert haben. Darauf schlossen die Gendarmeriebeamten, als sie bei einer Hausdurchsuchung zahlreiche Jagdtrophäen von Rot-, Reh- und Gamswild sowie präparierte Birkhähne fanden. Der damals 41jährige Mann war am 23. Oktober 1994 auf der Brunnwiesalm (Steiermark) von einem Förster und einer Gendarmeriepatrouille gefaßt worden. Er führte Wildererwaffen mit Schalldämpfern und Infrarotzieleinrichtung mit sich. Vom zuletzt erlegten Wild waren im Haus von Franz E. nur mehr Fleischteile in der Tiefkühltruhe sicherzustellen. Die Gendarmerie bezifferte den entstandenen Schaden mit etwa 18.000 Euro. Franz E. wurde wegen massiven Eingriffes in fremdes Jagdrecht auf freiem Fuß angezeigt.

1995

Wir befinden uns Mitte der neunziger Jahre, trotzdem sind Hinweise auf Wilderer aus der Bevölkerung nach wie vor selten zu bekommen. Deshalb griffen die Bundesforste in Bad Goisern zu einer interessanten Methode der „Anrainer-Motivation“. Hinweise zur Überführung eines Wilddiebs werden mit dem legalen Abschuß eines Gamsbocks belohnt. Vielleicht hilft's, denn Schlingenleger genießen selbst unter Wildschützen kein Ansehen.

Prämie für Schlingenleger

Den Anfang nahm diese Geschichte bereits im November 1994. Im Revier Weißenbach in Bad Goisern (Oberösterreich) hatte ein Unbekannter einen zweijährigen Gamsbock mit einer Schlinge gefangen. Diese Methode des Wilderns ist besonders grausam, weil das Wild in den ausgelegten Schlingen meist qualvoll verendet. Die Tiere tappen in die Falle und erwürgen sich dann beim verzweifelten Versuch, sich aus der Schlinge zu befreien, selbst.

Oberjäger Christian Stieger fand den erlegten Gamsbock an einem Wildwechsel im Revier Weißenbach. Der Fallensteller hatte dort fünf Schlingen ausgelegt. In eine davon tappte der Hund des Jägers, den der Waidmann im letzten Moment befreien konnte. Obwohl sich der Oberjäger daraufhin einige Tage auf die Lauer legte, wurde er des Wilderers nicht habhaft. Der Schlingenleger seinerseits dürfte den Waidmann jedenfalls ganz genau beobachtet haben. Er wartete nur, bis der Jäger, weil anderweitig beschäftigt, nicht mehr auf seinem Beobachtungsposten saß. Darauf kam der Wilderer an den Tatort zurück und machte sich über seine Beute her. Der Mann schnitt dem Gamsbock das Haupt ab und rupfte dem Tier die Rückenhaare aus, vermutlich, um sich daraus einen Gamsbart zu machen. Den Kadaver ließ der Täter liegen, ihm ging es nur um die Trophäen.

Durch die im Januar 1995 versprochene Prämie erhofften sich die Bundesforste eine rasche Aufklärung des Falles.

Besonders hartnäckig war ein Jäger hinter zwei Gendarmen her, die er für Wilderer hielt. Die beiden Exekutivbeamten hatten ihre liebe Not, den Waidmann davon zu überzeugen, daß er auf der falschen Fährte war.

... sonst wird' dich der Jäger holen ...

Wie im Wilden Westen fühlten sich zwei Gendarmen, die auf der Suche nach einem Posträuber auf dem Stollberg bei Gern (Bezirk St. Pölten/Niederösterreich) patrouillierten. Am 4. Januar 1995 waren die beiden Beamten der Gruppe „Lilienfeld Tasso 2" im Wald unterwegs, als plötzlich auf sie geschossen wurde. Sofort sprangen sie in Deckung. Ein 42jähriger Waidmann hatte die beiden Männer für Wilderer gehalten und das Feuer auf sie eröffnet. Als die Gendarmen über Funk Meldung machten, bekamen sie den Befehl zum Rückzug. Aber kaum waren sie in Gern angekommen, liefen sie wieder dem Jäger über den Weg. Noch immer sicher, Wilderer vor sich zu haben, wollte der Jäger die beiden abermals stellen. Sicherheitshalber hatten die beiden Beamten Deckung bezogen, worauf der Jäger die zwei aufforderte, aus ihrem Versteck zu kommen. Erst nach längerer Diskussion konnte der übereifrige Waidmann davon überzeugt werden, daß die beiden vermeintlichen Wilderer tatsächlich Hüter des Gesetzes waren. Der Jäger entschuldigte sich bei den Beamten und versicherte den beiden, daß er den „Schreckschuß" in entgegengesetzter Richtung auf einen Baum abgegeben hatte. Die beiden Männer waren also, laut Aussage des Jägers, nie in Gefahr.

Wild auf Wildschwein

Im November 1995 beschäftigte ein 58jähriger Arbeitsloser die Gendarmeriebeamten im Bezirk Gänserndorf. Der Mann stand unter Verdacht, ein Wildschwein in einem Gatter in Stillfried-Grub (Niederösterreich) gewildert zu haben. Man hatte am Tatort Stiefelabdrücke gefunden, die mit dem Abdruckmuster der Stiefel des verdächtigen Mannes übereinstimmten. Bei einer Hausdurchsuchung wurden zwei Kleinkalibergewehre und 30 Kilogramm Wildschweinfleisch sichergestellt. Gegen den Arbeitslosen wurde ein Haftbefehl erlassen.

1996

In diesem Jahr stand vor allem das Bundesland Niederösterreich im Interesse der Berichterstattung. Ein Elch wurde Opfer eines Wilderers, und ein Brüderpaar mußte sich vor Gericht für zahlreiche Streifzüge durch das Pielachtal verantworten.

Gepackt von der Jagdleidenschaft

Anfang Oktober 1996 wurde zwei Brüdern im Bezirksgericht St. Pölten der Prozeß gemacht. Der 32jährige Richard und sein 31jähriger Bruder Franz waren schon seit 1993 immer wieder auf verbotene Pirsch gegangen. Als Motiv gab der ältere der beiden an, daß ihn die Leidenschaft gepackt hätte. Nur so sei es zu erklären, daß ihm mindestens 80 Rehe, ein Hirsch und ein Mufflon im Pielachtal (Bezirk St. Pölten) zum Opfer gefallen sind.

Ursprünglich habe der Landwirt ja ein ganz anderes Motiv gehabt, um ohne Jagdschein sein Gewehr zu benützen. Angeblich wäre der Wildverbiß im Wald immer ärger geworden, nur, die Jägerschaft hätte auf die Beschwerden des Landwirts nie reagiert. Im Gegenteil, es wurde von der Jagdaufsicht sogar bestritten, daß der Wildbestand in diesem Gebiet zu hoch sei. Daraufhin griffen die beiden Brüder zur Selbsthilfe. Während Richard das Wild erlegte, soll sein Bruder nur gelegentlich als Treiber dabei gewesen sein. Aufgeflogen ist das Brüderpaar am 16. Mai des Jahres, als die beiden von einem Jäger auf einem ihrer illegalen Streifzüge erwischt wurden. Es gelang dem Waidmann zwar, den jüngeren Bruder kurz anzuhalten, Franz konnte sich aber losreißen und flüchten. Das nützte ihm aber gar nichts, denn kurze Zeit später konnten die beiden Männer ausgeforscht werden.

Vom Richter befragt, warum Richard denn bei einem derart ausgeprägten Jagdinstinkt nicht selbst Jäger geworden sei, kam eine wenig überraschende Antwort. Schwierigkeiten mit dem örtlichen Jagdleiter hätten ihn davon abgehalten. Mit Überzeugung behauptete er aber, daß er die Prüfung mit Sicherheit bestanden hätte. Die Jagdleidenschaft allein nahm ihm der Staatsanwalt nicht so ganz ab. Vielmehr vermutete dieser auch finanzielle Interessen bei den beiden Beschuldigten. Das erlegte Wild soll angeblich einem Händler verkauft worden sein, der Schaden wurde im Prozeß jedenfalls mit mehreren zehntausend Euro beziffert. Das Urteil für das Wildererduo:

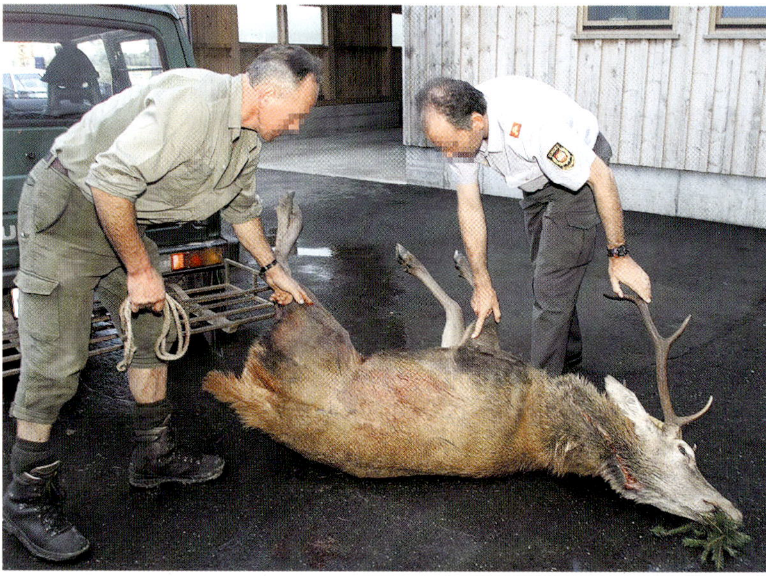

Beamte begutachten einen Hirsch, den die zwei Brüder aus dem Pielachtal illegal geschossen hatten.

15 Monate Freiheitsstrafe, davon drei Monate unbedingt für den 32jährigen Richard, der jüngere Franz erhielt vier Monate bedingt.

Nicht immer müssen Gemsen oder Hirsche daran glauben. In der nächsten Geschichte war ein Elchbulle das Opfer eines Wilderers.

Ich glaub' mich knutscht ein Elch

Im Jagdrevier Manhartsberg im Gemeindegebiet von Schönberg am Kamp (Bezirk Krems-Land/ Niederösterreich) mußte ein zweijähriger Elchbulle im Oktober 1996 sein Leben lassen. Der Aufenthalt des „Wieder-Einwanderers" in diesem Revier war der ansässigen Jägerschaft seit geraumer Zeit bekannt. Die Jäger beobachteten das Tier, hatten aber nicht vor, es zu erlegen. Es lag auch keine Abschußbewilligung der Bezirkshauptmannschaft vor. Deshalb gingen die Jäger davon aus, daß der Elch von einem Wilderer geschossen worden sei. Von Projektilteilen, die im Kadaver des Bullen gefunden wurden, erhoffte sich die Gendarmerie Rückschlüsse auf die verwendete Waffe und auf den Täter.

1997

Ein ruhigeres Wilderer-Jahr, zu dessen Höhepunkten sicherlich die Kärntner Landesaustellung – „Alles Jagd ... eine Kulturgeschichte" – im Frühjahr zählte. Das Thema „Wildern" wurde dort jedenfalls umfassend behandelt. Auffallend waren auch die grenzüberschreitenden Wildererfälle. Ein Bayer ging in Tirol auf die Pirsch, und zwei Italiener erwarteten sich in Kärnten fette Beute.

Falsch verstandene Völkerverständigung

Anfang November 1997 konnten zwei Italiener, die sich der Wilderei verdächtig gemacht hatten, festgenommen werden. Die beiden Männer, ein 57jähriger Rentner aus Meran und ein 40jähriger Obstbauer aus Gargazon, hatten im Gemeindegebiet von Mallnitz (Kärnten) eine Rehgeiß geschossen.
Das Reh wurde etwa gegen Mittag im Bereich der Jamnig-Alm erlegt und von den beiden anschließend im Wald versteckt. Aber die Männer hatten Pech. Ein Gemeindebediensteter aus Mallnitz, der die dortige Niederschlagsstation kontrollieren sollte, entdeckte die frischen Blutspuren und verständigte die Gendarmerie.

Die Gendarmen konnten die beiden Wilderer, einer der beiden Männer hatte ein Gewehr bei sich, in der Nähe der Jamnig-Straße aufgreifen. Anfänglich leugneten die zwei Italiener die Tat und versuchten sich mit Händen und Füßen rauszureden. Aber das nützte ihnen wenig. Die Wilderer wurden festgenommen und wegen Verabredungs- sowie Fluchtgefahr in die Justizanstalt Klagenfurt eingeliefert.

Die Jagdreviere unserer kleinen Alpenrepublik scheinen eine magische Anziehungskraft auf Wilderer der Nachbarländer zu haben. Auch ein Bayer verirrte sich 1997 über die Grenze nach Tirol.

Weißblaue Geschichte

Anfang Dezember 1997 kam der bayerische Rentner Josef St. (58) nach Tirol. Der Mann war aber kein harmloser Urlauber, sondern entpuppte sich als waschechter Wilderer. Der Bayer aus Lenggrieß war mit einem zerlegten Kleinkalibergewehr über die Grenze gefahren. Der Vorfall ereignete sich in Eben beim Achensee (Tirol). Der rüstige Pensionist ging voller Tatendrang ins Gebirge. Nach zweistündigem Aufstieg stieß er auf ein Rudel Gemsen. Das Jagdglück war ihm hold, vorläufig zumindest. Josef St. erlegte eine Gams, schulterte das Tier und trug es in Richtung seines Autos. Dabei lief er im Gebiet Hinterriß dem Revierjäger in die Hände, der ihn natürlich der Gendarmerie übergab.

1998

Die erste Hälfte des Jahre 1998 verlief unspektakulär, bis es am 7. August 1998 zu einer Tragödie kam. Ein ertappter Wilderer beging Selbstmord. Mit der Schmach, entdeckt worden zu sein, wollte der junge Mann nicht weiterleben.
Anfang des Jahres gab es wieder einmal zwei „Grenzgänger", die von Österreichs Zöllnern beim Waffenschmuggel erwischt wurden.

Falscher Verdacht

Im März 1998 wurden zwei aus Liechtenstein einreisende Italiener am Zollamt Feldkirch-Tisis (Vorarlberg) etwas näher kontrolliert. Die beiden jungen Männer kamen den Zollbeamten ziemlich verdächtig vor. Dabei dachten die Beamten zuerst an Suchtgiftschmuggel. Bei der Durchsuchung des Wagens der beiden 23 und 29 Jahre alten Männer stellte sich dieser Verdacht als unbegründet heraus. Die Zöllner staunten nicht schlecht, als sie unter der Rücksitzbank des Autos eine großkalibrige Pistole fanden und diese sofort beschlagnahmten. Bei der Einvernahme gaben die beiden Italiener zu, die Waffe in Liechtenstein erworben zu haben. Außerdem hatten sie zwei Wochen davor in der Schweiz eine Waffe mit Schalldämpfer und Zielfernrohr gekauft und nach Italien geschmuggelt. Überraschend war für die Zöllner der Verwendungszweck, den die beiden Signore angaben – sie brauchten die Waffen, um damit in einem italienischen Nationalpark zu wildern. Daraufhin verständigten die Vorarlberger Zöllner die zuständigen Carabinieri in Italien. Bei einer Hausdurchsuchung konnte eine weitere Waffe sichergestellt werden. Der Verdacht war dennoch begründet, denn die beiden mußten sich nicht nur in Italien wegen Wilddiebstahls verantworten, auch in Österreich drohte ihnen eine Anzeige nach dem Waffengesetz und ein Finanzstrafverfahren.

Die Beamten ermittelten schon längere Zeit gegen einen jungen ÖBB-Bediensteten, aber keiner rechnete mit einer derartigen Reaktion des ertappten Wilderers. Darüber mehr im folgenden Bericht.

Sturz in den Tod

Am 6. August 1998 nahm das Schicksal seinen verhängnisvollen Lauf. Schon längere Zeit stand der 30jährige Angestellte aus St. Wolfgang (Oberösterreich) unter Verdacht. Eine Anzeige brachte die Beamten auf die Spur des jungen Mannes, deshalb wurde an diesem Tag eine Hausdurchsuchung bei dem Verdächtigen durchgeführt. Mit Erfolg, schließlich fanden die Gendarmen 104 Gamsbocktrophäen und 52 Rehbockgeweihe. Zwei zerlegbare Gewehre mit Schalldämpfer konnten ebenfalls sichergestellt werden.

Unter der drückenden Beweislast legte der Bundesbahn-Bedienstete schließlich ein Teilgeständnis ab. Er gab zu, schon seit einigen Jahren Gemsen und Rehe gewildert zu haben.

Vollkommen außer sich über den drohenden Prozeß und aus Angst über den möglichen Verlust seines Arbeitsplatzes, sah der verzweifelte Mann nur mehr einen Ausweg. Am 7. August, dem Tag nach seinem Verhör, ging er in der Früh auf den Schafberg hinauf. Er beschloß, seinem Leben ein Ende zu setzen, denn mit der Schmach, als Wilderer entdeckt worden zu sein, sah er keine Perspektiven mehr für seine weitere Zukunft.

Kurz vor der schrecklichen Tat meldete der 30jährige Mann sich über Handy bei seiner Mutter. Er kündigte ihr seinen Selbstmord an und bat sie noch darum, ihn in guter Erinnerung zu behalten. Die geschockte Frau konnte ihren Sohn nicht von seiner Absicht abbringen. Er stürzte sich über die etwa 200 Meter hohe Nordwand des

Gewehr mit Schalldämpfer und verschiedene Jagdmesser. Der Schaden, der durch die Wilderei des Bundesbahn-Bediensteten entstanden war, belief sich auf etwa 109.000 Euro.

Beinahe 160 Jagdtrophäen konnten die Beamten in der Wohnung des Selbstmörders sicherstellen.

Ein 30jähriger Mann aus St.Wolfgang, der beim Wildern erwischt wurde, sprang vom Schafberg in den Tod. Der Bundesbahn-Bedienstete konnte die Schmach nicht ertragen.

Schafberges und war auf der Stelle tot. Trotz der sofort verständigten Gendarmerie, die auch gleich eine Rettungsaktion mit einem Helikopter startete, war dem St. Wolfganger nicht mehr zu helfen. Die Beamten konnten nur noch die zerschmetterte Leiche des ÖBB-Bediensteten bergen. Der Schaden, der durch die Wilderei des Mannes entstanden war, wurde mit etwa 109.000,– Euro angegeben. Ein hoher Schuldenberg, trotzdem hatte niemand geahnt, daß sich aus dem Tatbestand des „schweren Eingriffs in fremdes Jagdrecht" eine derartige Wilderer-Tragödie ereignen würde.

1999

In Vorarlberg stand eine ganze Familie unter Verdacht, im Bregenzer Wald gewildert zu haben, und auch in Bayern wird nach wie vor fleißig gewildert. Die Geschichte trug sich im Frühsommer 1999 zu und sorgte für Fassungslosigkeit unter der ansässigen Jägerschaft.

Unersättlich oder was?

Die Jäger im Revier Hirschbach-Brombach (Bayern) staunten nicht schlecht. Ein Unbekannter wilderte und wilderte und wilderte – in einem derartigen Ausmaß, daß sich der Wildbestand im Revier bereits merkbar dezimiert hatte. Der unersättliche Wilderer hatte es nur auf Rehe abgesehen. Wieder einmal war es ein Zufall, der die Exekutive auf die Spur des Wilddiebes brachte. Der Mann war so dreist, daß er sogar in Jägermontur auf die Pirsch ging. Im Mai 1999 fiel er einem Wanderer auf, weil er mit seinem Wagen auf einem Waldweg steckengeblieben war. Sein eigenartiges Verhalten ließ ihn verdächtig erscheinen. Auf Grund des Auto-Kennzeichens konnte der Mann ausgeforscht werden. Bei der Durchsuchung seiner Wohnung, in der Nähe von Passau, wurden die Beamten auch wirklich fündig. Fünf gewilderte Rehe hatte der 37jährige in seiner Wohnung und war somit der Wilderei überführt worden, trotzdem stritt er alles ab. Schuldverdrängung ist anscheinend auch eine Art von Gewissensberuhigung oder?

Manchmal arbeiten Wilderer mit Komplizen, aber daß die gesamte Familie in das illegale Treiben verstrickt ist, kommt dann doch ganz selten vor. Ausgeschlossen ist es jedoch nicht, wie die nächste Geschichte zeigt.

Familienbande

Dieser Fall ereignete sich in Vorarlberg, im Herbst 1999. Ein 25jähriger Mann machte sich am frühen Morgen des 1. Oktober auf die unerlaubte Pirsch. Dazu fuhr er mit seinem Auto von seinem Heimatort Andelsbuch nach Sibratsgfäll. Dort stellte er den PKW ab, schwang sich auf sein Mountainbike und fuhr weiter in Richtung Schönebach. Dann versteckte er das Rad in einem Gebüsch und ging zu Fuß weiter. In seinem Rucksack hatte der Verdächtige eine Pistole mit Klapp-Schaft und Schalldämpfer dabei.

Als der Wilderer einen Hirsch ausmachte, schoß er auf das Wild. Er traf, aber der Hirsch lief noch etwa 100 Meter weit, ehe er tot zusammenbrach. Als der Vorarlberger versuchte, das erlegte Wild in einem Gebüsch zu verstecken, wurde er von zwei Revierjägern dabei überrascht. Aus etwa 20 Metern Entfernung wurde der Wilddieb von den beiden Waidmännern angerufen. Der 25jährige ließ von seiner Beute ab und flüchtete. Trotz der Abgabe von drei Warnschüssen rannte er weiter talwärts. Es kam zu einer wilden Verfolgungsjagd. Die beiden Jäger alarmierten die Gendarmerie, die sogleich eine Fahndung nach dem flüchtigen Mann einleitete. Sämtliche Gendarmen aus Bezau, Egg und Hittisau sowie alle verfügbaren Jäger der angrenzenden Reviere beteiligten sich an der „Hetzjagd". Auf einer Straße konnte der Flüchtige schließlich von einem Gendarmen gestellt werden. Der Beamte forderte den Verdächtigen mit gezogener Waffe auf, stehenzubleiben. Erst zwei Warnschüsse des Gendarmen konnten den Mann überzeugen, aufzugeben, er ließ sich festnehmen.

Bei der Hausdurchsuchung wurde klar, in welcher Größenordnung hier gewildert wurde. Insgesamt 12 Gewehre und zwei Faustfeuerwaffen konnten sichergestellt werden. Außerdem wurden an die 190 (!) Jagdtrophäen und über 75 Kilogramm Wildbret gefunden, verteilt auf die verschiedenen Haushalte der Familienmitglieder. Denn sowohl der Bruder als auch die Eltern des Verdächtigen sollen in die Wilderei verwickelt gewesen sein. Der 25jährige wurde wegen schweren Eingriffes in fremdes Jagdrecht und unerlaubten Waffenbesitzes bei der Staatsanwaltschaft Feldkirch angezeigt. Die Eltern und der Bruder des Wilderers wurden mit angezeigt. Tja, mitgefangen – mitgehangen.

2000

Auch wenn jetzt eine 2 vor den vielen Nullen steht, ändert das nichts an der Tatsache, daß nach wie vor gewildert wird. Die Gründe dafür sind jetzt vielleicht ganz andere als in den letzten Jahrzehnten, trotzdem werden die Schwarzschützen anscheinend niemals ganz aus den Revieren verschwinden.

Geändert hat sich allerdings einiges an der Bewaffnung der wildernden Zeitgenossen. Heute ist High-Tech angesagt: Modernste Waffen mit Schalldämpfern, gut ausgerüstete Geländewagen, Handys und Funkgeräte sind die Wilderer-Utensilien des 21. Jahrhunderts. Und so mancher Wilderer des alten Schlages wird vielleicht der Zeit nachtrauern, als das Wildern noch mit Ehre, Romantik und Leidenschaft verbunden war. Aber auch die oft brutalen Kämpfe zwischen Jägern und Wilderern sind aus den Erinnerungen der Alten, auf beiden Seiten, nicht auszulöschen. Und so ist es nicht verwunderlich,

Krickerln und Geweihe in rauhen Mengen. Vorbei die Zeiten, als das Wildern noch mit Romantik und Ehre verbunden war.

Moderne Waffen, Handys, Funkgeräte und aufgerüstete Geländewagen sind die Wildererutensilien des 21. Jahrhunderts.

daß selbst an der Schwelle zum neuen Jahrtausend die Kluft zwischen Jägern und Wilderern unüberwindbar zu sein scheint. So zeigt es zumindest die skurrile Geschichte um die Eröffnung des „Wilderer-Museums" in St. Pankraz (Oberösterreich).

Museum für die Rebellen der Berge

Am 5. Mai 2000 wurde das vom Wiener Soziologie-Professor Roland Girtler gestaltete Museum in St. Pankraz feierlich eröffnet. Schon im Vorfeld des Ereignisses kam es zu Spannungen mit der ansässigen Jägerschaft. Das geplante Jagdhornblasen wurde abgesagt, nachdem einige Musiker sich mit der Begründung, ein Pfarrer würde auch keinen Nachtklub eröffnen und die Gendarmeriemusik nicht bei einem Ball der Unterwelt aufspielen, zu spielen geweigert hatten. Der oberösterreichische Landesjagdverband meinte dazu, Jagdhornblasen wäre jagdliches Brauchtum und habe bei Wilderern nichts verloren. Wahrscheinlich war es, um des lieben Friedens willen, besser so, wobei die Abneigung wohl auf beiden Seiten vorhanden ist.

Tip: Ein Besuch des Wilderer-Museums in St. Pankraz lohnt sich auf jeden Fall. In mehreren Räumen gibt es neben Erklärungen zu den geschichtlichen Hintergründen des Wilderns auch anschauliche Beispiele, wie Wilderer früher bestraft wurden. Viele Wilderer-Waffen sind zu bestaunen, ebenso die Fotos bekannter Wildschützen. Und auch Sonderausstellungen, wie unter anderem über die „Erotik der Sennerin", erfreuen sich regen Publikumsinteresses. Öffnungszeiten und Infos unter www.wilderermuseum.at oder unter der Telefonnummer: 0043-(0)7565/31333

Manchmal sollte man(n) sich gut überlegen, mit wem man sich fotografieren läßt. Mit seiner Beute zu prahlen, ist nämlich eine Sache, aber sich damit auch noch auf einem Erinnerungsfoto verewigen zu lassen, zeugt nicht gerade von großer Intelligenz.

Erinnerungsfoto mit Folgen

Anfang Februar 2000 konnten bei einer Hausdurchsuchung in Salzburg einem 50jährigen Arbeiter aus Gosau (Oberösterreich) etliche Wilddiebstahlsfälle nachgewiesen werden. Im Wohnhaus des Verdächtigen konnten einige Jagdwaffen mit Schalldämpfer, unfertige Trophäenpräparate und Hirschgeweihe sowie Gemsenfleisch in der Tiefkühltruhe sichergestellt werden. Auf Grund eines Fotos konnte dem Mann auch ein schon länger zurückliegender Wilddiebstahl nachgewiesen werden. Auf dem Bilddokument war der Schwarzschütze mit zwei kapitalen Kronenhirschen zu bewundern. Diese beiden Tiere waren eigentlich von der Berufsjägerschaft im Gemeindebezirk Rußbach (Tennengau) ins Visier genommen worden, die Hirsche waren aber auf mysteriöse Weise verschwunden. Der Verdächtige wurde bei der Staatsanwaltschaft Salzburg auf freiem Fuß angezeigt, der Gesamtabschußwert der Beute betrug etwa 29.000,– Euro. Die Erklärung des Wilderers: Angeblich hatte der Mann alles beim Schwammerlsuchen gefunden. Wer's glaubt!

Daß Wilderer nicht immer hitzköpfige Jungspunde sind, beweist der nächste Fall, der sich in Kärnten zugetragen hat.

Die Rentnergang

Die Vorgeschichte: Mitte September konnte ein 61jähriger Pensionist aus Feldkirchen von den Gendarmen der Wilderei überführt werden. Der Mann hatte, nachdem er in einem Jagdrevier in Glödnitz (Bezirk Feldkirchen) einen kapitalen Hirsch geschossen hatte, das Wildbret an einen Fleischhauer verkauft. Die Trophäe des Zwölfenders nahm er mit nach Hause. Nach einer Anzeige nahmen die Gendarmen eine Hausdurchsuchung bei dem Rentner vor, die insgesamt 14 Jagd- und Faustfeuerwaffen zutage förderte. Außerdem wurden mindestens 35 Hirschtrophäen sichergestellt.

Der Wilderer war zum großen Teil geständig, behauptete aber, daß er die Hirsche mit dem Einverständnis des Revierbesitzers geschossen habe. Trotzdem wurde er vorläufig auf freiem Fuß angezeigt, außerdem mußten seine Angaben noch überprüft werden.

So weit, so gut. Aber der Knalleffekt kam erst mit den Ermittlungen der Gendarmerie. Diese hatte nämlich herausgefunden, daß der 61jährige zwei Komplizen hatte – einen 79 Jahre alten Rentner und einen 51jährigen Aufsichtsjäger aus Glanegg. Das Trio hatte insgesamt 26 Hirsche in zwei Eigenjagden im Bezirk Feldkirchen gewildert. Das Wildbret verkauften die Täter an einen Fleischereibetrieb, die Trophäen wurden untereinander aufgeteilt. Die drei Wildschützen wurden wegen des Verbrechens des Eingriffs in fremdes Jagdrecht angezeigt. Der Aufsichtsjäger mußte zudem mit einem Verfahren wegen Amtsmißbrauchs rechnen. Der Wert des illegal geschossenen Wildes wurde mit etwa 36.500,– Euro angegeben.

Und wieder einmal haben zwei bayerische Wilderer die Grenzen nach Österreich überquert, ganz so, als gäbe es in der blauweißen Heimat nichts zu schießen.

Grenzgänger

Zwei Wilderer aus Oberbayern gingen den Beamten in Hinteriß (Bezirk Schwaz), nahe der deutschen Grenze, ins Netz. Kurz vor Weihnachten 2000 hatten die beiden Männer aus Warngau das Mißtrauen zweier einheimischer Jäger erregt. Bei der darauffolgenden Kontrolle des Wagens der Verdächtigen konnten die Waidmänner ein Gewehr samt Munition sicherstellen. Die Gendarmerie nahm die beiden Deutschen in Gewahrsam. Dann informierte sie die deutschen Kollegen, die anläßlich der Hausdurchsuchung bei einem der beiden Wilderer mehrere Waffen, unter anderem ein umgebautes Gewehr, Jagdutensilien sowie ein Nachtsichtgerät sicherstellen konnten. Anscheinend hatten die beiden Männer schon mehrmals im Grenzgebiet von Bayern und Tirol gewildert.

Wilderer im Revier der Postalm in Salzburg haben's schwer. Seit seiner Pensionierung im Jahr 2000 patrouilliert dort der ehemalige Leiter der Kriminalabteilung, Oberst a. D. Manfred Dürager. Der ehemalige Kriminalist, der einst auch im Lucona-Fall ermittelte, hat seine eigene Methode entwickelt, um Schwarzschützen aus seinem Gebiet fernzuhalten – er übernachtet im Revier.

Der Fall Max und Moritz

Manfred Dürager erzählt in der nachfolgenden Geschichte selbst vom letzten Fall seiner kriminalpolizeilichen Laufbahn:

„In reiferen Jahren hat auch mich das Jagdfieber derart gepackt, daß ich sogar die Prüfung für den Jagdschutzdienst ablegte. Jetzt, nachdem ich schon einige Jahre in Pension bin, sitze ich an klaren und frostigen Winterabenden als Jagdaufseher in meiner Jagdhütte. Dabei denke ich öfters an einen Wildererfall zurück, den ich kurz vor meinem Abschied aus dem aktiven Dienst mit meinem Kollegen Fritz aufklären konnte. Ein langgesuchter Wilderer, der immer wieder Tennengauer Gemeinden unsicher gemacht hatte und der mit dem Verschwinden des einen oder anderen kapitalen Rothirschen in Verbindung gebracht worden war, hatte im wahrsten Sinne des Wortes Spuren hinterlassen. Es waren seine überdimensionalen Schuhsohlen – Abdrücke, die auf einem Wildwechsel von einem Berufsjäger wahrgenommen wurden. Diese Entdeckung ließ vermuten, daß der allseits gefürchtete Schwarzschütze auch in dieser Gegend sein Unwesen trieb. Einige Jahre zuvor waren in diesem Gebiet nacheinander zwei kapitale Hirsche, kurz bevor sie von den Jagdpächtern auf die Decke gelegt werden konnten, spurlos verschwunden. Diese beiden Prachtexemplare waren dem mit der Hege betrauten Berufsjäger und auch den Pächtern so gut bekannt, daß der eine Max und der andere Moritz genannt wurde. Niemand anderer als der Schwarzschütze mit den

Oberst a. D. Manfred Dürager wurde nach der Beendigung seines aktiven Dienstes als Leiter der Kriminalabteilung Salzburg Jagdaufseher.

großen Schuhen konnte hinter dem mysteriösen Verschwinden der Rothirsche stecken. Wer sich tatsächlich hinter dem Phantom verbarg, traute sich niemand so recht auszusprechen. Zumindest der Gendarmerie gegenüber war man eher zugeknöpft. Man konnte ja nie wissen, ob man nicht früher oder später die Rache des gefürchteten Wilddiebes zu spüren bekommen würde. Wenn auch die Jäger angesichts der vielen angezeigten Wildereien auf den später ausgeforschten Wilderer tippten, lagen vorerst nur sehr spärliche Hinweise vor, die überdies nur hinter vorgehaltener Hand ausgesprochen wurden. Der Wildschütze konnte sich seiner Sache also sehr sicher sein und trieb es immer dreister im grünen Tann.

Im Jagdfieber

Ein altes Sprichwort sagt – der Krug geht solange zum Brunnen, bis er bricht. Und so ist es letztlich auch unserem langgesuchten Wildschütz ergangen. Jeder macht früher oder später einen Fehler, der ihm dann zum Verhängnis wird. Als schon niemand mehr an die Ausforschung des Phantoms glaubte, war es eines Tages doch soweit: Bei der Salzburger Gendarmerie trafen konkrete Hinweise über einen Verdächtigen aus einem Ausseer Ort ein, die nach einleitenden Ermittlungen von zwei Kollegen an mich herangetragen wurden.

Zu diesem Zeitpunkt dachte ich eigentlich schon an das Ordnen meiner Akten, da ich mich ja schon bald aus dem aktiven Dienst zurückziehen wollte. Doch die beiden Kollegen waren fest davon überzeugt, daß ich diesen Fall noch aufarbeiten würde.

Die beiden Beamten des zuständigen Gendarmeriepostens hatten mir zwar einen wesentlichen Hinweis für die Lösung des Falles geliefert, aber trotzdem blieb eine Frage offen: Würde die Überführung des langgesuchten Wilderers aus dem Ausseerland, der mit seiner Unverfrorenheit schon mehrmals seinen Kopf aus der Schlinge hatte ziehen können, auch tatsächlich gelingen?

Was waren die Gründe dafür, daß der „Großfüßige" so lange Jahre sein Unwesen in den Tennengauer und Ausseer Jagdrevieren treiben konnte? Zum einen war es natürlich Angst vor Rache, die so manchen Eingeweihten davon abhielt, den Schwarzschützen zu „vernadern". Zum anderen dürfte der gefürchtete Wilddieb, aus nicht geklärten Gründen, jedes Mal rechtzeitig vor behördlichen Aktionen „Wind" davon bekommen haben.

Fritz und ich überprüften die bisher vorliegenden Beweise auf ihre Richtigkeit. Kein Zweifel, die Spur führte tatsächlich zu dem gesuchten Schwarzschützen. Doch für die Ausstellung eines richterlichen Hausdurchsuchungsbefehles waren noch einige Hürden zu überwinden. Nach einigen Observationsmaßnahmen, auf die ich verständlicherweise nicht näher eingehen will, waren die bisher vorliegenden Beweise soweit abgesichert, daß einem Einsatz nichts mehr im Wege stand. Äußerst behutsam mußte dieser vorbereitet werden. In einem solchen Fall haben sogar die Wände Ohren. Ein klitzekleiner Fehler hätte genügt, und unsere Erfolgschancen wären gleich Null gewesen. Wilderer sind gerissene Burschen, man darf ihre Schläue nicht unterschätzen. Dazu kommt, daß sie im Alltagsleben meist unauffällige Menschen sind und nicht selten in der Bevölkerung wegen ihrer sonstigen Fähigkeiten durchaus ein gewisses Ansehen genießen. Daß wir in diesem Fall in den frühen Morgenstunden eines nebeligen Februartages des Jahres 2000, völlig überraschend für den Schwarzschützen, mit einem Hausdurchsuchungsbefehl des Landesgerichtes Salzburg vor seiner Haustür stehen konnten, war nicht zuletzt den Beamten des Bezirkes Gmunden sowie dem örtlichen Gendarmerieposten zu verdanken.

Mit allen Wassern gewaschen

Das Glück schien in diesem Fall wirklich auf unserer Seite gewesen zu sein. Der schlagfertige Verdächtige wollte uns, tatkräftig unterstützt von seiner resoluten Gattin, äußerst geschickt von seiner Spur ablenken. Er versuchte uns mit allen Mitteln davon zu überzeugen, daß wohl jemand, aus reiner Gehässigkeit, eine falsche Spur gelegt haben müsse. Er nannte auch bald den Namen eines Bekannten, der hinter dem Verrat stecken sollte. Als er uns auch noch einen, auf seinen Namen lautenden, Jagdschein vorlegte und behauptete, daß er schon seit 10 Jahren selbst Jäger sei und deshalb nicht nötig hätte, zu wildern, wurden wir selbst etwas stutzig. Dazu kam noch, daß er uns davon überzeugen konnte, daß die große Anzahl der in seinem Haus hängenden Trophäen aus einer Erbschaft stammten. Für eine weitere große Anzahl verschiedenster Präparate legte er eine Ankaufsbestätigung eines Auswanderers vor, die letztlich auch später nicht in allen Punkten überprüft werden konnte. Immerhin war seine Überzeugungskraft so groß, daß wir uns unserer Sache gar nicht mehr so sicher waren und unsere Erfolgschancen mehr und mehr schwinden sahen. Eine ganz miserable Situation für uns! Jetzt konnte es leicht passieren, daß der anfängliche Schwung, mit der wir unsere Amtshandlung begonnen hatten, verfliegen und der Wilderer wieder einmal als Sieger hervorgehen würde. Für mich wäre es überaus enttäuschend gewesen, wenn wir uns in einem so sicher aussehenden Fall mit einer Entschuldigung hätten zurückziehen müssen. Doch Hubertus stand dieses Mal auf unserer Seite. Auf Anhieb fanden wir in einer Gefriertruhe, im Keller des Wohnhauses, mehrere unausgekochte Gamshäupter und eine beachtliche Menge Wildbret. Bald darauf fanden wir in einem Rucksack einen Schalldämpfer, der exakt auf einen, vom Verdächtigen legal besessenen, Ischlerstutzen des Kalibers 8,15 x 46 R paßte. Wer nun glaubt, daß der Mann nun so weit in die Enge getrieben war, daß er endlich gestehen würde, der irrt sich gewaltig. Trotz der schwerwiegenden Beweise gelang es dem schlauen Fuchs, immer wieder Ausreden zu finden, die wir erst einmal widerlegen mußten.

Das fatale Foto

Von den beiden kapitalen Rothirschen Max und Moritz war vorerst keine Spur zu finden. Einem aufmerksamen Beamten fiel jedoch ein Bild im Schlafzimmer des Verdächtigen auf, das den Schwarzschützen mit seinem schulpflichtigen Sohn hinter zwei ausgekochten Hirschtrophäen zeigte. Max und Moritz, aber, waren nicht unter den vielen aufgehängten Trophäen im Haus zu finden. Etwas mehr Licht kam in die Sache, als einige Jagdleiter der Umgebung mit Zustimmung des Verdächtigen die Trophäen im Haus besichtigen durften. Um diese Zusage kam er nicht herum, weil er sonst damit rechnen mußte, daß eine Beschlagnahmung zwecks öffentlicher Besichtigung unumgänglich gewesen wäre.

Die erfahrenen Jäger konnten viele der Hirschtrophäen dem einen oder anderen verschwundenen Rothirschen zuordnen. Die Sensation war jedoch perfekt, als sich herausstellte, daß auf dem Foto im Schlafzimmer die gewilderten Hirsche Max und Moritz abgebildet waren. Im Nu waren von den beiden Hirschen die Abwurfstangen der letzten Jahre herbeigeschafft worden, die, wegen ihrer verblüffenden Ähnlichkeit, keinen Zweifel an der Zuordnung offen ließen. Da halfen auch die ganzen Ausreden nichts mehr. Zuerst wollte er die Hirsche in Ungarn geschossen haben. Dann gab er an, daß die Hirsche von einem unbekannten deutschen Jäger stammten, der ihm gestattet hätte, sich mit den kapitalen Trophäen fotografieren zu lassen. Erst nach einem stundenlangen Hin und Her rückte der nun durch die Beweislage in die Enge getriebene Mann Schritt für Schritt mit der Wahrheit heraus. Für mich persönlich blieben aber noch einige Zweifel offen. Der Höhepunkt dieser Wilderergeschichte folgte erst am darauffolgenden Tag. Nach einer privaten Vereinbarung zwischen dem Verdächtigen und einem der geschädigten Jagdpächter wurden die beiden kapitalen Hirschtrophäen auf einem Bahnkörper in der Nähe von Wels gefunden. Ganz offensichtlich war es so, daß der Verdächtige diese beiden Prachtexemplare, zumindest vorerst, nicht in seinem Wohnhaus aufbewahren wollte.

Ein Foto der beiden Hirsche Max und Moritz wurde dem Schwarzschützen zum Verhängnis.

Und die Moral von der Geschicht'

Die Aufarbeitung dieses sehr umfangreichen Falles, mit abschließender Anzeige an die Staatsanwaltschaft, nahm noch mehrere Wochen in Anspruch, so daß mir sogar zehn Tage meines noch offenen Urlaubes verfielen. Doch darüber war ich nicht traurig, denn als Pensionist ist mir, mit Gottes Wille, ein langer Urlaub sicher. Etwas enttäuscht war ich, daß ein derart frecher Wilddieb mit einer relativ kurzen bedingten Haftstrafe davonkam.

2001

Dieses Jahr hatte es in sich. Neben der Anzahl der Wildererfälle ist auch die Tatsache interessant, daß Wildschützen nicht nur in den „traditionellen Wildererhochburgen" zugeschlagen haben. Die Bundesländer Oberösterreich, Burgenland, Steiermark und Kärnten standen im Mittelpunkt der Geschehnisse.

Kärntner Kasnudeln in Symbiose mit steirischem Kernöl

Zehn Jahre lang haben zwei Männer, ein Kärntner und ein Steirer, im Grenzgebiet zwischen den beiden Bundesländern gewildert. Meist in der Nacht haben der 52jährige Landwirt aus Reichenfels (Bezirk Wolfsberg) und der 59jährige Frührentner aus Weißkirchen (Bezirk Judenburg) Rehwild erlegt. An die 100 Tiere haben die zwei in dieser Zeit illegal zur Strecke gebracht. Einem aufmerksamen Jäger war es schließlich zu verdanken, daß den beiden Wilderern im August 2001 das Handwerk gelegt werden konnte. Er notierte sich das Autokennzeichen der verdächtig wirkenden Männer. Im Zuge der Erhebungen konnten bei Hausdurchsuchungen zehn Gewehre und über 100 Trophäen sichergestellt werden. Der finanzielle Schaden durch die illegalen Abschüsse war groß – nach Schätzungen der Jäger handelte es sich um eine Summe von über 140.000,– Euro.

Ja, auch im Burgenland wird gewildert. Da es an wirklich hohen Bergen mangelt, wird vor allem auf Wildschweine, Fasane und, wie in diesem Fall, auf Hasen Jagd gemacht.

Verbrecherstolz

Eigentlich waren die Bundesheersoldaten auf der Suche nach illegalen Grenzgängern, als sie, Mitte Oktober 2001, in einem Wald bei Rechnitz (Bezirk Oberwart) auf einen mutmaßlichen Wilderer stießen. Der 68jährige Südburgenländer, ein Rentner aus Rechnitz, war gerade auf Hasenjagd. Im Rucksack des Mannes fanden die Soldaten ein Flobertgewehr. Ohne auch nur den Versuch einer Ausrede zu starten, gab der fidele Pensionist sofort zu, daß er wildern wollte. Bei seiner Einvernahme auf dem Gendarmerieposten gestand er, Hasen zu schießen, weil er zu wenig Geld habe, um sich genügend Nahrungsmittel zu kaufen. Was dann folgte, verblüffte die Beamten doch einigermaßen – voller Stolz erzählte der Wilderer, daß er schon seit gut 45 Jahren illegal auf die Jagd ginge. Gewehr und Munition wurden sichergestellt, der Mann auf freiem Fuß angezeigt.

Im Herbst 2001 war das idyllische Salzkammergut einmal mehr Schauplatz einer Serie von Wilderei. Innerhalb kurzer Zeit wurden 7 kapitale Hirsche erlegt. Und die Exekutive tappte im Dunkeln.

Mauer des Schweigens

In Ebensee, Gosau und St. Wolfgang hatten unbekannte Täter insgesamt gleich siebenmal zugeschlagen, und das innerhalb von nur zwei Monaten. Begonnen hatte die Serie Anfang Oktober 2001, als Wilderer in Ebensee (Oberösterreich) im Revier Langwies einen 170 Kilogramm schweren Hirsch erlegten. Am Wildbret waren der oder die Täter nicht interessiert, einzig die Trophäe wurde mitgenommen. Der Revierjäger sprach von einem Zwölf- oder Vierzehnender. Besonders ärgerlich war, daß er nun dem Jagdpächter, der Papierfabrik Steyermühl, mitteilen mußte, daß ein Wilderer schneller gewesen war als die Jagdberechtigten. Diese hatten es nämlich ebenso auf den 12jährigen „König der Wälder" abgesehen gehabt und den Wert des Tieres mit etwa 11.000,– Euro angegeben.

Die Jagdpächter versuchten daraufhin, den Spieß umzudrehen, indem sie eine Prämie, quasi eine Art „Kopfgeld", von ca. 5.000,– Euro für Hinweise auf den Wilddieb aussetzten. Sie waren nicht nur verärgert über den finanziellen Schaden, viel höher war der Imageschaden für die Papierfabrik. Der erlegte Hirsch war zum Abschuß für eingeladene Jagdgäste geplant gewesen, die wohl oder übel ihre Büchsen auf ein anderes Ziel richten mußten.

Trotz der Ergreiferprämie rechnete kaum jemand mit Hinweisen aus der Bevölkerung, wird doch das Wildern in dieser Gegend nach wie vor als eine Art „Kavaliersdelikt" angesehen.

Kurze Zeit später wurde im Jagdrevier Priel in Gosau ebenfalls ein kapitaler Hirsch erlegt. Wieder wurde nur das Haupt abgeschnitten und mitgenommen, der Kadaver blieb zurück. Auch dieses Jagdgebiet gehört dem mächtigsten Großgrundbesitzer im Salzkammergut, der Bundesforste AG (wie übrigens knapp 80 Prozent der Grundfläche im Bezirk Gmunden). Jagdpächter war in diesem Fall das Bauunternehmen Alpine-Mayreder, der Schaden durch den illegalen Abschuß des Hirsches betrug auch hier immerhin an die 7.500,– Euro.

Die Serie von Wilddiebstählen riß einfach nicht ab, und erneut war Ebensee Tatort eines Jagdfrevels. Ein fünfjähriger Sechzehnender und ein dreijähriger Zwölfender wurden von Wilderern abgeschossen, in diesem Fall wurden aber nicht einmal die Trophäen abgetrennt. Die beiden Tiere waren bereits verwest, als sie von einem Revierjäger entdeckt wurden. Nach wie vor fehlte von den Tätern jede Spur.

Insgesamt wurden binnen zweier Monate sieben Tiere gewildert, zum Teil blieb das tote Wild samt den Trophäen liegen. Auch der Bezirksjägermeister von Gmunden, Alois Mittendorfer, konnte sich nicht erklären, nach welchem Schema die Täter vorgingen. Der unterschiedliche Zustand, in dem das Wild aufgefunden wurde, schien auf mehrere Täter hinzuweisen. In einem Fall wurde das Wildbret fachmännisch weggeschnitten, bei den anderen Hirschen war das Fleisch drangeblieben und verwest. Mittendorfer: „Da ist ein Unterschied zwischen Wilderern und Wilderern. Es gibt welche, die gerne jagen gehen möchten, sich aber die Jagdpacht nicht leisten können, und andere, die tatsächlich nur deshalb wildern, um den Jagdpächtern eins auszuwischen. Die Bandbreite zwischen Jagdfieber und Bosheitsakt ist groß."

Der Bezirksjägermeister war zwar der festen Überzeugung, daß die Täter eines Tages erwischt werden würden, zweifelte aber am Sinn einer Ergreiferprämie: „Im Salzkammergut gibt es so eine Art Schweigegebot, hier wird keiner verraten. Und wenn doch, dann kann derje-

Der Bezirksjägermeister von Gmunden, Alois Mittendorfer, konnte die Täter nicht einordnen. Er glaubte, daß sie eines Tages gefaßt werden würden. Auf Mithilfe aus der Bevölkerung konnte er nicht zählen. Im Salzkammergut gibt es so eine Art Schweigegebot, ein Wilderer wird nicht verraten.

nige gleich aus der Gegend wegziehen, weil er dann kein schönes Leben mehr dort hat."

Zweifelsohne hatten Teile der Bevölkerung (bis heute) Verständnis für jene Wilderer, die des Fleisches wegen auf die Jagd gehen. Wofür aber niemand Verständnis zeigte, waren Raubschützen, wie in diesem Fall, die die Hirsche einfach nur töteten, aber nichts, weder Wildbret noch Trophäe, verwerteten.

Bis heute konnten die Wilderer nicht gefaßt werden, der Schaden, den sie verursachten, betrug rund 40.000 Euro,–.

2002

Zum zwanzigsten Mal jährte sich der Todestag von Pius Walder und gab Anlaß für einen neuerlichen Zwischenfall – diesmal mit Hermann Walder in der Hauptrolle. Außerdem wurden die Reviere von Ebensee und Gosau erneut von Wilderern heimgesucht. Der Verdacht lag nahe, daß es die gleichen Täter waren, die vor knapp 8 Monaten die Jäger und Gendarmen mit beinahe wöchentlichen Abschüssen kapitaler Hirsche in Atem hielten.

Spektakulär war die Hubschrauberjagd auf zwei deutsche Wilderer im Großglocknergebiet, die sich im September 2002 abspielte.

Und im Juli erging das Urteil gegen die beiden Wilderer aus Kärnten und der Steiermark, die im August 2001 nach 10 Jahren des Wilderns endlich erwischt werden konnten. (siehe „Kärntner Kasnudeln ...")

Das Gerichtsurteil

Am 10. Juli 2002 wurden am Landesgericht Klagenfurt ein 52jähriger Landwirt aus dem Lavanttal und ein 59jähriger Pensionist aus dem Bezirk Murau (Steiermark) zu bedingten und unbedingten Haftstrafen verurteilt.

Ziemlich dreist war der Auftritt der beiden Wilderer vor Gericht. Unrasiert und in grüner Jagdkleidung, behaupteten sie vor dem Richter, daß in erster Linie „romantische Jagdleidenschaft" das Motiv für ihre Wilddiebstähle gewesen sei. Der Kärntner Landwirt gab außerdem an, daß er wegen zu freiheitlicher Gesinnung aus dem Jagdverband ausgeschlossen worden sei.

Zum Wildern verwendeten sie Wildererbüchsen mit Schalldämpfern. Ausgerüstet mit Scheinwerfern, gingen die zwei nachtens auf die Pirsch und erlegten das Wild in der steirisch-kärntnerischen Grenzregion. Das erbeutete Wildbret verkaufte der Kärntner an einen Lavanttaler Fleischer, mit den Trophäen (insgesamt erbeuteten die beiden Schwarzschützen etwa 200 Stück Wild im Wert von über 100.000,– Euro!) schmückten sie ihre Häuser. Eine sehenswerte Sammlung, die den beiden ein ebenfalls sehenswertes Urteil, wegen schweren Eingriffs in fremdes Jagdrecht, einbrachte! Der Kärntner erhielt vier Monate unbedingte und acht Monate bedingte Haft und nahm sein Urteil widerspruchslos an. Der Steirer erbat sich für seine Strafe von drei Monaten unbedingter und sieben Monate bedingter Haft drei Tage Bedenkzeit. Na, was gibt es denn da noch zu bedenken?

Der Frühsommer 2002 war überschattet von einem weiteren Fall von grausamer Tierquälerei, der sich in einem Revier zutrug, in dem schon 25 Jahre nicht mehr gewildert worden war (zumindest war keiner dabei erwischt worden).

Der Tierquäler vom Mondsee

Mitte Mai 2002 fand ein Landesbediensteter auf dem Kolomannsberg nahe der Quellen eine tote Rehgeiß, die mit zwei voll entwickelten Kitzen trächtig war. Das Tier dürfte in einem der umliegenden Reviere angeschossen worden sein und sich dann stundenlang schwerverletzt weitergeschleppt haben. Besonders niederträchtig war, daß der Täter die Rehgeiß mit einer großkalibrigen Waffe an den Hinterschlegeln derartig getroffen hatte, daß auch das hintere Gedärm durchschossen wurde und das Tier dadurch qualvoll verendete. Die Schüsse auf das Reh fielen in der Schonzeit, die Schußzeit auf führende Geißen beginnt erst Mitte August.

Nach den Wildererfällen des Jahres 2001 schrillten bei Jägern und Exekutivbeamten der Gebiete Gosau und Ebensee bei den neuerlichen Zwischenfällen Anfang Mai und Mitte Juni 2002 sofort die Alarmglocken.

Wieder entwischt

Zuerst schlugen zwei Wilderer in Gosau zu, die beinahe von einem Aufsichtsjäger gestellt worden wären. Die beiden Männer hatten auf dem Rußberg einen Birkhahn geschossen. Als sie sich nach dem Schuß auf die Suche nach ihrer Beute machten, wurden sie beinahe von dem Jäger gestellt. Sofort ergriffen die beiden vermummten Täter die Flucht – auf ihren Fersen mehrere Jäger der Bundesforste, vier Beamte des Gendarmeriepostens Abtenau, zwei Gendarmerie-Diensthundeführer und ein Hubschrauber. Leider erfolglos, obwohl einige Verdächtige überprüft wurden. Der Verdacht lag nahe, daß es sich bei den Tätern um dieselben handelte, die im Jahr zuvor einige kapitale Hirsche erlegt hatten.

Auch in Ebensee wurde kurze Zeit später Wild erlegt. Der zweijährige Gamsbock wurde von einem oder mehreren unbekannten Tätern erschossen. Der Kadaver des Tieres wurde von einem Jäger entdeckt.

Der wohl spektakulärste Wilderer-Fall der letzten Jahre ereignete sich im September 2002. Der Hubschraubereinsatz bei der Verfolgungsjagd auf die beiden Deutschen erinnerte an einen Spionagethriller in Hollywoodmanier.

Keine Chance für die Gesetzlosen

Der 31jährige Fliesenleger und der 47jährige Maurer, beide aus Schleching in Bayern, waren in ihrer Heimat bereits einschlägig vorbestraft. Bekannt wie bunte Hunde, fiel es den beiden Wilderern schwer, in Bayern auch nur in den Wald zu gehen, ohne die gesamte ansässige Jägerschaft in Alarmbereitschaft zu versetzen. Was blieb ihnen also anderes übrig, als ins benachbarte Österreich zu fahren, um weiter ihrer Jagdleidenschaft zu frönen. So geschah es auch am Samstag, dem 7. September 2002, daß die beiden Bayern mit einem Wohnmobil nach Fusch an der Großglocknerstraße fuhren. Sie warteten, bis es dunkelte, erst in den späten Abendstunden machten sie sich auf zur Schmalzgrubenalm. Dort erlegten die Wilderer ein Hirschtier. Dann verbrachten sie die Nacht in Schlafsäcken im Freien. Am nächsten Morgen, einem strahlend schönen Spätsommertag, schossen die Männer im selben Gebiet, mit einem Kleinkalibergewehr, einen kapitalen 18-Ender.

Die Gegend unterhalb des Hohen Tenn ist für ihren üppigen Wildbestand bekannt, mit ein Grund, warum Aufsichtsjäger Sepp Ebner zur Wildbeobachtung Stellung bezogen hatte. Er hielt sich in einer nahen Jagdhütte auf, als er plötzlich zwei Männer sah, die gerade dabei waren, einen toten Hirsch aus einem Graben zu ziehen. Er verständigte unverzüglich die Gendarmerie. Der Jäger und zwei Gendarmen versuchten dann die beiden Bayern zu stellen, aber die Wilddiebe konnten vorerst entkommen. Ihre Beute mußten sie zurücklassen.

Jetzt war die Jagd erst richtig eröffnet. Ein Hubschrauber mit Wärmebildkamera und zwei Diensthundeführer wurden als Verstärkung angefordert. Mit Erfolg, denn eine Hundepatrouille konnte einen der beiden Wilderer auf einer talwärts führenden Straße stellen. Für den zweiten Wilderer war am Parkplatz eines Gasthauses in Fusch, wo das Wohnmobil der Verdächtigen abgestellt war, Endstation.

Bei der Gendarmerie gaben die Wildschützen dann zu Protokoll, daß sie schon seit neun Jahren illegal jagen gehen würden. Die Bayern wurden auf freiem Fuß bei Gericht angezeigt.

Am Montag, dem 9. September, fanden Suchtrupps die Waffen der beiden Männer – eine umgebaute Sportpistole und ein ebenfalls manipuliertes Gewehr. Diese Kleinkaliberwaffen sind eigentlich für die Jagd verboten, weil die kleinen Projektile des Kalibers 22 die Tiere meist nicht sofort töten. Oft schleppt sich das verletzte Wild noch Kilometer weit und verendet erst nach vielen Stunden qualvoll. Daß der gewilderte 18-Ender nicht lange leiden mußte, „verdankte" er seinem Sturz über einen Steilhang. Die Kugel der bayrischen Wilderer durchschlug das Genick des Tieres zwischen drittem und viertem Halswirbel. Beim Sturz über den Abhang wurde der Schädel des kapitalen Hirsches zerschmettert. Der Wert des 18-Enders wurde auf 10.000 bis 20.000,– Euro geschätzt. Der Gesamtschaden war bei der Verhaftung der beiden Bayern noch nicht bekannt.

Daß in den Bergen von Tirol und in den Wäldern des Salzkammerguts nach wie vor gewildert wird, belegen zahlreiche Geschichten in den jeweiligen Lokalzeitungen. Aber auch das Burgenland ist immer wieder Schauplatz von Wilddiebstählen. Im nächsten Fall hat einmal mehr ein relativ gewissenloser Täter zugeschlagen, mitten in einem Naturschutzgebiet.

Raubschütz ohne Skrupel

Manchen Menschen ist nichts heilig, nicht einmal die Tiere eines Nationalparks. Wie sonst wäre es zu erklären, daß im November 2002 ein unbekannter Täter im Naturschutzgebiet des Nationalparks Neusiedler See einen Rothirsch geschossen hat. Das tote Tier wurde von einem Mitarbeiter einer Vogelschutzorganisation im sogenannten „Neudegg“, südlich von Apetlon (Seewinkel), entdeckt. Hier wurde ein besonderer Jagdfrevel begangen, denn in dieser Naturzone ruhte die Jagd, das gesamte Gebiet war zum Schutz der Lebensräume der einmaligen Tierwelt des Nationalparks für Besucher gesperrt.

Anscheinend dürfte der Wilderer bei seiner Tat gestört worden sein. Der gewilderte Hirsch war schon teilweise aufgebrochen, um das Verderben des Fleisches zu verhindern. Auf dem Kadaver lagen Papiertaschentücher, um Raubwild von dem toten Hirsch fernzuhalten. Der Mann hatte durch die Störung anscheinend einen späteren Abtransport des Tieres vorgesehen. Die Nationalparkdirektion erstattete Anzeige gegen den Unbekannten, und die Gendarmerie begann zu ermitteln.

1982 sorgte der Fall des von einem Jäger hinterrücks erschossenen Osttirolers Pius Walder für großes Aufsehen. Wochenlang wurde über die Ereignisse in Innervilgraten (Osttirol) berichtet, auch über den Kampf Hermann Walders gegen die Lobby der Jäger und gegen jene Teile der Bevölkerung, die nichts von seiner Mordtheorie hören wollten. Selbst 20 Jahre nach dem Tod seines Bruders Pius kann Hermann Walder weder vergessen, noch verzeihen und gerät auch immer wieder mit den Pfarrern seiner Heimatgemeinde in Konflikt.

Beschwerde an den Bischof

Im Dezember 2002 gab es wieder einmal große Aufregung um Hermann Walder im Zusammenhang mit dem Jahrestag der Ermordung seines Bruders Pius. Ausschlaggebend war ein Brief, den der Osttiroler an den Innsbrucker Diözesanbischof Alois Kothgasser geschrieben hatte. Darin beschwerte er sich darüber, daß der zuständige Pfarrer anläßlich des 20. Todestages seines Bruders keine Messe lesen wollte. Der Bischof fühlte sich bedroht, und Hermann

Walder landete vor dem Bezirksgericht Lienz. Der zuständige Richter untersuchte dort den Fall. Und auch vor Gericht konnte es Walder nicht lassen, wieder einmal für Aufsehen zu sorgen. Er erschien mit einer umgehängten Tafel, auf der er seinen Unmut gegen die Anzeige des Bischofs in Reimen kundtat. Das hatte er sich von seinem eigenen Bischof nämlich nicht erwartet. Aufbrausend drohte Walder mit seinem Austritt aus der katholischen Kirche, nicht zum ersten Mal übrigens. Vor Gericht deponierte er auch noch, daß er seinen Ärger über die Kirche und den Bischof nun auch dem Heiligen Vater in Rom darlegen werde.

Gebracht hatte die Aktion nicht viel, die Messe wurde schließlich vom Pfarrer einer Nachbargemeinde gehalten.

2003

Jede Menge Prozesse, Gerichtsurteile und neue Fälle von Wilderei prägen auch das Jahr 2003. Die bayerischen Wilderer von Fusch wurden im Februar vor Gericht gestellt. Hermann Walder erneuerte seine Kritik am Bischof und mußte dafür im Januar noch einmal vor Gericht erscheinen, und der erste Wilderer Anno 2003, ein 58jähriger Burgenländer, ging der Gendarmerie bereits Mitte Januar ins Netz.

Verräterische Schweißspur

Damit hatte der Rentner aus Weichselbaum im Bezirk Jennersdorf wohl nicht gerechnet. Der Jagdleiter der Jagdgesellschaft Weichselbaum war bei einem Rundgang durch das Revier auf eine verdächtige Spur gestoßen. Eine Schweißspur (Blutspur eines Wildes), außerhalb der eingefriedeten Gärten des Ortsgebietes, erregte seine Aufmerksamkeit. Er folgte der Fährte bis zu der Liegenschaft des vermeintlichen Wilderers. Der Jagdleiter erstattete daraufhin Anzeige bei der Gendarmerie. Bei der Hausdurchsuchung des verdächtigen Pensionisten wurde auch tatsächlich ein erlegtes Reh gefunden. Der Mann hatte es in einem Wirtschaftsgebäude gelagert. Beim Öffnen des Tieres wurde eine Kugel, ein 6-mm-Bleigeschoß, im Vorderlauf entdeckt.

Da gegen den Burgenländer ein Waffenverbot bestand, wurde auch noch der Keller durchsucht. Außer Munition und Magazinen konnte aber nichts gefunden werden. Der Mann wurde auf freiem Fuß angezeigt.

Erneut stand Hermann Walder im Blickpunkt des öffentlichen Interesses, als die gerichtliche Streitsache des Vorjahres ihr Ende fand.

„Freispruch" auf Probe

In einem Brief teilte die Staatsanwaltschaft Innsbruck Hermann Walder mit, daß er vorerst mit keinem Strafverfahren rechnen müsse. Walder wurde wegen des Verdachtes der Nötigung im Dezember 2002 am Bezirksgericht Lienz einvernommen. Der Grund dafür: Er hatte sich beim früheren Innsbrucker Diözesanbischof Alois Kothgasser schriftlich darüber beschwert, daß der Pfarrer von Innervilgraten sich geweigert hatte, zum Jahrestag des Todes seines Bruders Pius eine Messe zu lesen. Diese war schließlich von einem Pfarrer einer Nachbargemeinde gehalten worden.

„Vorerst" bedeutete quasi eine „Probezeit" von zwei Jahren. Ein Urteil, mit dem der Bruder des vor über 20 Jahren erschossenen Wilderers Pius Walder nicht wirklich glücklich war. Er vertrat die Ansicht, daß dies kein Freispruch für ihn wäre, außerdem fühle er sich nicht schuldig. Seinen mehrfach angedrohten Austritt aus der Kirche wolle er sich noch überlegen und die weitere Entwicklung in der Sache abwarten.

Hermann Walder, Bruder des 1982 ermordeten Pius, schafft es immer wieder, in den Blickpunkt öffentlichen Interesses zu geraten. Im Dezember 2002 wurde er am Lienzer Bezirksgericht einvernommen. Angeblich hatte er sich mit dem Pfarrer von Innervilgraten überworfen, der sich geweigert hatte, eine Messe zum Jahrestag des Todes seines Bruders Pius zu halten.

Spannend wurde es im Februar 2003, als der Prozeß gegen die beiden Bayern, die im September 2002 nach einer spektakulären Verfolgungsjagd im Großglocknergebiet festgenommen werden konnten, begann.

Zwei Bayern vor Gericht

Am Donnerstag, dem 6. Februar 2003, standen die beiden Deutschen, der 48 Jahre alte Maurer Robert R. und der 32jährige Hausmeister Albert F., vor dem Salzburger Richter Franz-Xaver Egger.

Anläßlich einer aufsehenerregenden Verfolgungsjagd, bei der auch ein Hubschrauber mit Wärmebildkamera und Suchhundestaffeln zum Einsatz kamen, konnten die beiden Wilderer aus Schleching (Bayern) am 8. September in Fusch an der Glocknerstraße (Pinzgau) festgenommen werden. Das Duo hatte mit einem für die Jagd verbotenen Kleinkalibergewehr mit abgesägtem Lauf einen kapitalen 18-Ender und ein Hirschtier erlegt. Obwohl die beiden sich noch eilig als Wanderer verkleidet hatten, war das 160 Kilogramm schwere Corpus delicti nicht wegzuleugnen. Der Schaden betrug immerhin knapp 11.000,– Euro.

Die wegen schweren Eingriffs in fremdes Jagdrecht und Tierquälerei angezeigten Männer zeigten sich vor dem Richter geständig und gaben auch noch zu, in den neunziger Jahren in Tirol und Bayern vier Gemsen geschossen zu haben. Obwohl der Maurer Robert R. bereits einschlägig vorbestraft war, hatte er sich von seinem Freund F. zur illegalen Jagd überreden lassen. Das Jagdgebiet der Landwirtschaftskammer wurde von einem der beiden Wilderer, Albert F., zuvor erkundet. „Ich war vorher schon einmal in Fusch und wußte daher, daß es da viel Wild gibt. Und da dachte ich mir: Da fährst du wieder hin – ein großer Fehler", wie Albert F. im Nachhinein erkannte.

Den Vorwurf des Privatbeteiligtenvertreters, Rechtsanwalt Christoph Aigner, wonach die beiden ein mafiaähnliches Netzwerk zwischen Österreich und Deutschland aufgebaut und erlegtes Wild gewerbsmäßig weiterverkauft hätten, bestritten die Angeklagten energisch: „Es gibt kein Netzwerk. Wir haben das gewilderte Fleisch nie weiterverkauft, sondern immer selbst gegessen", beteuerte Albert F.

Die Anschuldigung, den prächtigen 18-Ender schon vorher ausgekundschaftet und ins Visier genommen zu haben, wiesen die beiden

Oberbayern entrüstet zurück: „Wir haben das Tier vorher noch nie gesehen. Das war reiner Zufall, der Hirsch ist plötzlich dagestanden. Diese Chance wollten wir uns nicht entgehen lassen", so der angeklagte Robert R.

Eine Kugel aus dem Kleinkalibergewehr von R. hatte das Tier getroffen. Der Hirsch konnte noch 30 Meter weit laufen, bevor er in einen Graben stürzte und einen Schädelbruch erlitt.

Den Gesamtschaden von 10.870,– Euro überreichte der Verteidiger der beiden Wildschützen aus Bayern an Rechtsanwalt Aigner in bar. Der Richter verurteilte Albert F. darauf zu sechs Monaten bedingter Haftstrafe, den vorbestraften Robert R. zu 10 Monaten auf Bewährung. Zuvor hatte Rechtsanwalt Aigner noch für eine strenge Bestrafung plädiert, um „Abenteuer-Touristen" ein abschreckendes Beispiel zu bieten.

Der nächste Fall ereignete sich ebenfalls in Salzburg, wobei der Abschuß eines Rothirschen in der Schonzeit besonders frevelhaft war.

Tod im Bachbett

Mitte Juli fanden Mitarbeiter der Salzburger Berg- und Naturwacht im Jagdgebiet von Muhr (Lungau) einen Rothirschkadaver. Das geköpfte Tier lag in einem Bach, die Gendarmerie von St. Michael stellte einen Einschuß bei dem achtjährigen Wildtier fest. Vermutlich hatten Wilderer das Tier ausgerechnet während der Schonzeit erlegt. Nachdem der oder die Täter das Wildbret nicht beachtet hatten, ging die Gendarmerie davon aus, daß wieder einmal Trophäenjäger am Werk waren.

Trotz umfangreicher Ermittlungen konnte keine Spur zu den Tätern gefunden werden. Im Zuge weiterer Nachforschungen durch die Bezirkshauptmannschaft Tamsweg und den Gendarmerieposten St. Michael konnte in der Nähe einer Jagdhütte, unter einem Fichtenstamm versteckt, das Haupt des Zehnenders aufgespürt werden. Der Wert des erlegten Hirsches betrug 3.000 Euro,–. Es wurde eine Anzeige gegen Unbekannt erstattet.

Einen mutmaßlichen Wilddieb zogen Gendarmen Anfang Mai 2003 aus dem Verkehr. Der 56jährige Mann aus Lamprechtshausen (Flachgau/Salzburg) besaß eine geheime Waffenwerkstatt.

Nächtliche Schlafstörungen?

Ein roter Klein-LKW, der gegen vier Uhr früh ziellos über Wald- und Wiesenwege gelenkt wurde, war zwei Gendarmen auf ihrer Patrouille aufgefallen. Das Fahrzeug bewegte sich von Lamprechtshausen Richtung Nußdorf und dann weiter nach Michaelbeuern. Ausgerechnet in diesem Gebiet war es in den vergangenen zwölf Monaten immer wieder zu Wilddiebstählen gekommen. Das erregte natürlich den Verdacht der Gendarmen.

Die Beamten, Bezirksinspektor Erwin Auer und Revierinspektor Rudolf Holzner, stoppten das Auto und durchsuchten es. Dabei fanden sie unter dem Beifahrersitz einen in mehrere Stofflappen eingewickelten Revolver mit Schalldämpfer und Präzisions-Zielfernrohr. Es handelte sich dabei um eine offensichtlich selbst zusammengebastelte Waffe. Außerdem führte der Verdächtige Munition vom Kaliber 32 mit sich, Plastiktröge und Decken konnten ebenfalls sichergestellt werden. Der Mann rechtfertigte seinen nächtlichen Streifzug mit schweren Schlafstörungen, er sei kein Wilderer. Die faule Ausrede nützte ihm aber gar nichts.

Bei der Hausdurchsuchung des vermeintlichen Wilderers entdeckten die Gendarmen dann eine regelrechte Waffenwerkstatt. Weitere Waffenteile, Läufe verschiedenster Länge und Kaliber, Zielfernrohre und Schalldämpfer sowie jede Menge Munition konnten sichergestellt werden.

Im Großraum Lamprechtshausen waren in den letzten Monaten sieben verendete Rehe entdeckt worden. Die Tiere wiesen Schußwunden auf, die ihnen offenbar von kleinkalibrigen Projektilen zugefügt worden waren. Die schwerverletzten Rehe mußten qualvoll verenden.

Ob mit der selbstgefertigten Waffe des Frührentners gewildert wurde, sollen Untersuchungen zeigen. Gegen den Tatverdächtigen wurde Anzeige wegen des Vergehens nach dem Waffengesetz, wegen Wilderei und illegalem Fischfang erstattet. Ein Waffenverbot, an das sich der 56jährige Flachgauer, wie man sieht, nicht gehalten hatte, bestand schon längere Zeit.

Obwohl er berufsbedingt einiges mit Fleisch zu tun hatte, interessierte sich der 25jährige Koch und Metzger aus Kärnten nicht für das Wildbret seiner gewilderten Tiere. Anfang September 2003 konnte er den Gendarmen erklären, warum das so war.

Kärntner Koch als Wilderer in Osttirol

Im Sommer 2003 stand der junge Kärntner als Koch hinterm Herd eines Gasthofes in Prägraten (Osttirol). Dort entdeckte er scheinbar auch seine Liebe fürs Wildern. Nicht anders ist es zu erklären, daß der Kärntner zwischen 1. August und 8. September in der Genossenschaftsjagd Prägraten wildernd sein Unwesen trieb. Was ihm vor die Büchse kam, war aber nicht für den Kochtopf bestimmt.

Im Dorfertal erlegte er insgesamt vier Gamsböcke, eine Gamsgeiß und eine Hirschkuh. Das Wildbret ließ er liegen, denn er war einzig und allein am Kopfschmuck seiner Beute interessiert. Seine Passion wurde ihm aber am 9. September zum Verhängnis, denn da erwischte ihn früh morgens die Gendarmerie, als er sich wieder einmal auf einem verbotenen Pirschgang im Dorfertal befand. Der Pächter der Genossenschaftsjagd hatte einige Tage zuvor in seinem Revier einen erlegten Gamsbock ohne Haupt gefunden. Das Projektil, das im Blatt des Tieres steckte, wurde damals entfernt und der Exekutive übergeben. Die Waffe, die zum sichergestellten Projektil paßte, konnten die Gendarmen des Postens Matrei im Auto des Verdächtigen sicherstellen, ebenso drei ausgekochte Krickeln.

Der Ertappte erkannte, daß Leugnen in seiner Situation wohl zwecklos wäre. So gestand er den „schweren Eingriff in fremdes Jagdrecht" und wurde auf freiem Fuß angezeigt. Der verursachte Schaden betrug rund 7.000,– Euro, überdies drohte dem Wildschützen aus Kärnten eine Haftstrafe von bis zu drei Jahren.

Im September 2003 beschäftigten sich die Gerichte noch einmal mit einem Kärntner Wilderer, der 2001 zusammen mit seinem Komplizen aus der Steiermark nach 10 Jahren illegalen Jagens endlich gestellt werden konnte. (Siehe „Kärntner Kasnudeln ...").

Das Nachspiel

Wegen Hehlerei und Anstiftung zur falschen Beweisaussage wurde ein 54jähriger Kärntner, der von 1996 bis 2001 Fleisch von einem Wilderer erworben hatte, Mitte September zu sechs Monaten bedingter Haftstrafe und einer Geldstrafe von 2.000,– Euro verurteilt. Der Wilderer, ebenfalls 54, ein Landwirt aus dem Bezirk Wolfsberg (Kärnten), erhielt wegen falscher Beweisaussage vor Gericht und versuchter Begünstigung eine unbedingte Haftstrafe von vier Monaten.

Zwischen 1990 und 2001 hatte der Kärntner Wilderer zusammen mit einem Steirer in den Wäldern des kärntnerisch-steirischen Grenzgebietes illegal gejagt. Ab 1996 soll er dem Mitangeklagten, einem inzwischen pensionierten Fleischermeister, der eine Wildsammelstelle betrieb, mindestens 25 Stück Wildbret verkauft haben. Über die Mitwisserschaft des Fleischermeisters machte der Wilderer aber widersprüchliche Aussagen.

Kurz nach der Festnahme 2001 sagte er bei der Einvernahme durch die Gendarmerie zuerst aus, daß der Fleischer um die illegale Herkunft des Wildes gewußt hätte. Bei der Hauptversammlung am 10. Juli 2002 widerrief er alles und behauptete das Gegenteil. Der Hehler habe nichts von der Wilderei des Kärntner Landwirtes gewußt.

Auch im September 2003 blieb er bei seiner Aussage, wonach der Fleischer vom Wilddiebstahl des Angeklagten nichts gewußt habe. Von Richter Manfred Herrnhofer nach dem Grund für seine erste Aussage befragt, antwortete der Wilderer, daß er damals total verwirrt gewesen sei und gerade einen Selbstmordversuch hinter sich gehabt habe. Da habe er der Gendarmerie eben Märchen erzählt. Es stimme auch nicht, daß ihn sein mutmaßlicher Hehler telefonisch davor gewarnt habe, ihn zu belasten, und ihm für eine entlastende Aussage viel Geld angeboten habe. Der Fleischermeister habe nicht einmal seinen richtigen Namen gewußt. Für den Richter ein Grund zum Schmunzeln, daß sich heutzutage sogar schon Wilderer Künstlernamen zulegen.

Umgekehrt gab der pensionierte Fleischer an, daß er den Wilderer niemals nach der Herkunft des Wildes gefragt habe, denn nachzuschnüffeln ginge ja gegen die Jägerehre. Außerdem bestritt er, den Wilderer zu einer falschen Aussage angestiftet zu haben. Ganz anders sagte da ein Gendarm aus, der bestätigte, daß die beiden sich bestens gekannt hätten. Dem Staatsanwalt erschienen die Urteile zu mild, er legte dagegen Berufung ein. Immerhin betrug der Wert der gewilderten Beute rund 48.000,– Euro.

Daß man nicht unbedingt zur Schußwaffe greifen muß, um Wilddiebstahl zu begehen, zeigt der nächste Fall, der sich in Österreich und Deutschland zutrug.

Der Jäger von Tölz

Den Spruch „Wer anderen eine Grube gräbt, fällt selbst hinein", dürfte ein Jäger aus dem Gemeindegebiet Lenggries (Kreis Bad Tölz-Wolfratshausen) in Bayern noch nicht gehört haben. Anders läßt es sich nicht erklären, daß der Mann auf abenteuerlichem Weg versuchte, sein Eigentum wieder zurückzubekommen. Sein ganzer Stolz – die beinahe elchgeweihartigen Abwurfstangen eines ungeraden Achtzehnenders – war dem Mann angeblich abhanden gekommen. Jedenfalls tischte er der Polizei eine wundersame Geschichte auf, als er seine Anzeige aufgab. Im August 2002 wurden die Abwurfstangen aus dem Haus des Bayern gestohlen – soweit seine Angaben. In Wahrheit dürfte er selbst das Geweih entweder verborgt oder verschenkt haben und wollte es jetzt unbedingt wieder zurückhaben. Zu Protokoll gab er folgendes: Bei einer (angeblich rein zufälligen) Fahrt durch Österreich habe er beim Vorbeifahren einen ebenso zufälligen Blick durch ein Wohnzimmerfenster geworfen. Dabei entdeckte er seine Abwurfstangen an der Wand des Wohnzimmers.

Trotz seiner Anzeige dauerte es einige Monate, bis in deutsch-österreichischer Zusammenarbeit ein Durchsuchungsbefehl für das Haus erwirkt werden konnte. Die gesuchten Abwurfstangen fanden sich auch tatsächlich in dem Haus. Die Hausbesitzerin gab an, die Abwurfstangen geschenkt bekommen zu haben. Als edler Spender entpuppte sich unser Jäger aus Lenggries. Dem war die ganze Geschichte natürlich furchtbar peinlich. Zum einen mußte er jetzt erklären, auf welche Art und Weise er in den Besitz der Abwurfstangen gekommen war, zum anderen war nicht klar ersichtlich, warum er sich nicht erinnern konnte, das Geweih persönlich verschenkt zu haben.

Jedenfalls gab er an, das Corpus delicti in seinem jagdlichen Zuständigkeitsbereich gefunden zu haben. Dummerweise hätte er in diesem Fall, weil es sich um ein staatliches Revier handelte, die Abwurfstangen abgeben müssen. So gesehen hatte der Mann also auch den Tatbestand des Wilddiebstahls erfüllt.

Vom Jäger zum Wilderer

Einst war er ein leidenschaftlicher Jäger, der 63jährige Rentner aus Bruck. Doch dann war die Jagdbewilligung weg, aber die Leidenschaft blieb! Was also sollte er tun, wenn doch der Drang zum Jagen so stark war? Er wurde zum Wilderer und ließ sich in einer lauen Septembernacht von einer Bekannten nach Thörl chauffieren. Im Wald legte er sich auf die Lauer und hatte tatsächlich Glück: ein Reh kam ihm vor die Büchse. Der Mann schoß auf das Tier, konnte es aber danach nicht gleich aufspüren.

So machte er sich nahe einer Gemeindestraße im Ortsteil Hinterberg, „bewaffnet" mit einer Taschenlampe, auf die Suche nach dem angeschossenen Reh. Den Lichtkegel der Lampe konnte aber ein Jagdpraktikant der Pengg'schen Jagd- und Forstverwaltung von seinem Anwesen aus sehen. Dies erschien ihm äußerst verdächtig, hatte er doch kurz zuvor auch noch einen Schuß gehört.

Der Jagdpraktikant setzte sich sofort in sein Auto, um nach dem Rechten zu sehen. Als er an die Gemeindestraße kam, wo er einen geparkten Toyota und einen mit einer Taschenlampe umherirrenden Mann sah, rief er den Verdächtigen an. Um eine Ausrede nicht verlegen, antwortete der Pensionist, daß er ein Reh angefahren habe und nun nach dem Tier suchen würde. Kaum hatte er ausgesprochen, gab seine Begleiterin Gas und fuhr ohne den Brucker davon. Verdutzt blieb der Wilderer stehen und ließ sich daraufhin ohne Widerstand von dem in der Zwischenzeit alarmierten Forstverwalter und dem Revierjäger zur Gendarmerie bringen.

In der Zwischenzeit nahm ein Schweißhund die Suche nach dem Reh auf. Er fand nicht nur das Wild, sondern auch die weggeworfene Jagdwaffe des Steirers. Der Mann legte ein Geständnis ab und wurde wegen Eingriffs in fremdes Jagdrecht angezeigt. Nachdem der Wagen des Bruckers bereits zuvor einige Male in diesem Gebiet gesehen worden war, liefen Ermittlungen an, ob sich der Pensionist nicht auch noch weiterer Jagdvergehen schuldig gemacht hatte. Aber das Befahren öffentlicher Straßen ist schließlich nicht verboten, oder?

Auch im benachbarten Bayern wird immer wieder gewildert. So gab es im Oktober 2003 große Aufregung um einen erlegten Vierzehnender.

Hollodirie am Königssee

Der zuständige Revierjäger traute seinen Augen nicht, als er zwei Wilderer ertappte, die gerade mit dem Abtransport von Haupt und Trophäe eines Vierzehnenders beschäftigt waren. Der Vorfall ereignete sich im Bereich der Gotzenalm in Schönau am Königssee. Dort hatten zwei Männer einen Hirsch geschossen und das Tier enthauptet. Die beiden Schwarzschützen ließen, als sie den Jäger erblickten, von ihrer Beute ab und suchten das Weite.

Es handelte sich um einen etwa 50 bis 55 Jahre alten Mann, ca. 170 cm groß und schlank, mit silberfarbenem, welligem Haar. Der zweite Täter sollte der Beschreibung nach etwa 30 Jahre alt, ebenfalls ca. 170 cm groß und von kräftiger Statur sein. Die sofort eingeleitete Alarmfahndung hatte keinen Erfolg, die beiden waren längst über alle Berge.

Kurze Zeit später wurden im Bereich Kehlstein erneut zwei Wilderer gesichtet. Die beiden verdächtigen Männer waren frühmorgens im Revier unterwegs, auf sie paßte die Personenbeschreibung der Schönauer Wilderer haargenau. Einer der beiden lud ein silberfarbenes Mountainbike in einen blauen VW-Golf ein. Na, da hatte die Gendarmerie sicher leichtes Spiel – ein VW-Golf ist ja auch ein besonders seltenes Auto!

Kaum zu glauben, selbst vor den Toren Wiens wird gewildert. So geschehen im November 2003 in Asperhofen (Niederösterreich).

Die Wilderer vom Wienerwald

Da waren Profis am Werk. In einem Kleefeld zwischen Oed und Johannesberg wurden am 29. November 2003 drei getötete Rehe gefunden. Neben dem Wild wurden außerdem Plastiksäcke sichergestellt, die anscheinend für den Abtransport vorgesehen waren. Laut Gendarmerie waren die Tiere mit jeweils nur einem Schuß erlegt worden. Vermutlich schossen die Täter aus einem Auto auf die Rehe, die sie vorher mit Scheinwerfern geblendet hatten. Die Beute wurde gleich an Ort und Stelle aufgebrochen und zerwirkt. Dabei dürften die Wilderer aber gestört worden sein, denn das dritte Tier war nur halb aus der Decke geschlagen worden. Mitgenommen hatten die Täter lediglich einen ausgelösten Schlögl sowie die Schulter eines Rehs. Von den Wildschützen fehlte jede Spur, es wurde Anzeige gegen Unbekannt erstattet. ○

Nachwort

Bei den Recherchen zum Buch hörten wir von Jägerseite zum Großteil, daß in den jeweiligen Revieren so gut wie nie gewildert werde. Meistens hieß es, die letzten Fälle lägen schon lange zurück und heutzutage würde ohnehin kaum noch jemand wildern. Ganz anders stellten es die Wilderer dar, die uns für Gespräche zur Verfügung standen. Und auch die im letzten Teil des Buches geschilderten Fälle von 1986 bis heute zeigen eigentlich ein anderes Bild. Geändert haben sich vielleicht die Mittel und die Beweggründe, gewildert wird aber nach wie vor.

Vergessen darf man nicht, daß in den rund 12.000 österreichischen Revieren hauptsächlich von den Jägern selbst „gewildert" wird. Laut Peter Lebersorger, Geschäftsführer der Österreichischen Landesjagdverbände, beschäftigen sich die Jägerehrengerichte mit etwa 120 Fällen pro Jahr. Darin geht es um offizielle Jäger, die Schußzeiten nicht einhalten, im Revier des Nachbarn wildern, die falschen Tiere schießen oder Abschüsse nicht melden. Jährlich schließen die Landesjagdverbände im Schnitt zehn Mitglieder aus. Im Vergleich dazu stehen in Österreich höchstens fünf echte Wilderer vor Gericht. Das mag von offizieller Seite schon seine Richtigkeit haben, aber die Dunkelziffer der nicht gefaßten Wildschützen ist mit Sicherheit höher.

Die Zeiten, als Wilderer bewunderte Rebellen und romantische Helden waren, sind natürlich längst vorbei. Ganz aussterben wird das Wildern aber nie, dazu ist die Lust am Verbotenen in vielen Wildschützen noch viel zu übermächtig.

Danksagung

Bedanken wollen wir uns bei allen, die uns bei den Recherchen zu diesem Buch so wunderbar unterstützt haben, und vor allem natürlich bei jenen, die uns bestärkten, an dieses Projekt überhaupt ranzugehen: zum einen bei unserem Freund Karl Auer, der schon lange die Idee, ein Wilderer-Buch zu schreiben, im Kopf hatte und in uns die geeigneten Partner fand, das Projekt zu verwirklichen.
Ermutigt hat uns auch Peter Janisch, Journalist, Verleger und Autor aus Bad Ischl, der selbst schon ein Buch zu diesem Thema geschrieben hat. Danke auch an den Journalisten Walter Tarra, der uns in seinem Haus sehr herzlich empfangen und viele Stunden über Wilderer erzählt hat.

Unserer besonderer Dank gilt Prof. Roland Girtler, dessen Wilderermuseum (www.wilderermuseum.at) in St. Pankraz eine beinahe unerschöpfliche Quelle zum Thema Wilderer darstellte.

Speziellen Dank an Oberst a.D. Manfred Dürager, einem Kenner der Wildererszene, der mit seinen lebhaften Schilderungen sehr zum Gelingen des Buches beigetragen hat.

Natürlich wollen wir uns bei allen Jägern und Wilderern – den Hauptpersonen des Buches – bedanken, die mit uns Gespräche führten und deren Erzählungen wertvolle Informationen zu unserem Buch lieferten.

Herzlichen Dank an das Hotel Seevilla (www.seevilla.at) in Altaussee, daß uns überaus herzlich zwei Tage während unserer Recherchen im Salzkammergut beherbergte.

Zuletzt noch unseren ganz besonderen Dank allen unseren Freunden und unserer Familie, die uns mit aufmunternden Worten unterstützten. Meiner Tante Eva, die uns eine große Stütze ist. Ganz herzlichen Dank unserer Ami, der lieben Urgroßmutter unserer Kinder, die trotz ihrer 84 Jahre immer wieder einsprang und sich um Meli, Benni und Vicki kümmerte.

Bildnachweis

Markus DEAK
Mohr-Mathis-MOMA
NEWS
Privatbesitz
www.movienetfilm.de
Wilderermuseum in St. Pankratz
Andreas ZEPPELZAUER

Literatur

BUSDORF, O., 1928, Wilddieberei und Förstermorde, Berlin
GIRTLER, R., 2000, Wilderer, Rebellen in den Bergen, Wien
JANISCH, P., 1980, Gehst mir aufs Leben, Schütz?, Traunkirchen
Informationen aus verschiedenen Zeitungsberichten, unter anderem aus: AZ, NEWS, Salzburger Nachrichten, Tiroler Tageszeitung und Vorarlberger Nachrichten